瑞蘭國際

瑞蘭國際

瑞蘭國際

瑞蘭國際

還來得及！

新日檢N3 文字 語彙

考前7天衝刺班

元氣日語編輯小組　編著

關鍵考前1週，用單字決勝吧！

　　從舊日檢4級到新日檢N1～N5，雖然題型題數都有變革，但基本要求的核心能力從未改變，就是「活用日語聽、說、讀、寫」的能力，而這四大能力的基礎，就是單字。不論是語意、單字用法，或是漢字的寫法、讀音等等，備齊了足夠的字彙量，就像練好基本功，不僅能提升「言語知識」單科的成績，也才能領會「讀解」的考題、聽懂「聽解」的問題。

　　「文字‧語彙」屬於「言語知識」一科，除了要了解單字的意義、判斷用法之外，更要熟記並分辨漢字語的讀音。對處在漢字文化圈的我們而言，雖然可以從漢字大致判斷語意或音讀，但也容易因此混淆了「長音」、「促音」、「濁音」的有無，而訓讀的漢字音也因為與平常發音相差甚遠，必須特別留意。

　　準備考試是長期抗戰，除了平常累積實力之外，越接近考期，越是要講求讀書效率，這時需要的是求精而不貪多，確認自己的程度，針對還不熟的地方加強複習。

　　如果你已經準備許久、蓄勢待發，請利用這本書在考前做最後的檢視，一方面保持顛峰實力，一方面發掘自己還不夠熟練的盲點，再做補強。

倘若你覺得準備還不夠充分，請不要輕言放棄，掌握考前7天努力衝刺，把每回練習與解析出現的文字語彙認真熟記，用最有效率的方式，讓學習一次就到位，照樣交出漂亮的成績。

　　本書根據日本國際教育支援協會、日本國際交流基金會所公布新日檢出題範圍，由長期教授日文、研究日語檢定的作者群執筆編寫。1天1回測驗，立即解析，再背誦出題頻率最高的分類單字，讓「學習」與「演練」完整搭配。有你的努力不懈，加上瑞蘭國際出版的專業輔導，就是新日檢的合格證書。

　　考前7天，讓我們一起加油吧！

元氣日語編輯小組

戰勝新日檢，掌握日語關鍵能力

元氣日語編輯小組

日本語能力測驗（**日本語能力試驗**）是由「日本國際教育支援協會」及「日本國際交流基金會」，在日本及世界各地為日語學習者測試其日語能力的測驗。自1984年開辦，迄今超過20多年，每年報考人數節節升高，是世界上規模最大、也最具公信力的日語考試。

新日檢是什麼？

近年來，除了一般學習日語的學生之外，更有許多社會人士，為了在日本生活、就業、工作晉升等各種不同理由，參加日本語能力測驗。同時，日本語能力測驗實行20多年來，語言教育學、測驗理論等的變遷，漸有改革提案及建言。在許多專家的縝密研擬之下，自2010年起實施新制日本語能力測驗（以下簡稱新日檢），滿足各層面的日語檢定需求。

除了日語相關知識之外，新日檢更重視「活用日語」的能力，因此特別在題目中加重溝通能力的測驗。同時，新日檢也由原本的4級制（1級、2級、3級、4級）改為5級制（N1、N2、N3、N4、N5），新制的「N」除了代表「日語（Nihongo）」，也代表「新（New）」。新舊制級別對照如下表所示：

新日檢N1	比舊制1級的程度略高
新日檢N2	近似舊制2級的程度
新日檢N3	介於舊制2級與3級之間的程度
新日檢N4	近似舊制3級的程度
新日檢N5	近似舊制4級的程度

新日檢N3究竟是什麼？

　　舊制日檢3級主要測驗在教室內習得的基礎日語，而2級則是測驗廣泛的現實生活日語應用能力，二者間程度落差過大，因此特別設立了新的級數N3，作為初級日語與中、高級日語之間的橋樑。

　　舊制日檢不分級數，考試科目都是「文字語彙」、「文法讀解」、「聽解」三科，新日檢N3改為「言語知識（文字‧語彙）」、「言語知識（文法）‧讀解」與「聽解」三科考試，計分則為「言語知識（文字‧語彙‧文法）」、「讀解」、「聽解」各60分，總分180分。不管在考試時間、成績計算方式或是考試內容上也和舊制2、3級不盡相同，詳細考題如後文所述。

　　舊制2、3級總分是400分，考生只要獲得240分就合格。而新日檢N3除了總分大幅變革為180分，更設立各科基本分數標準，也就是總分須通過合格分數（＝通過標準）之外，各科也須達到一定成績（＝通過門檻），才能獲發合格證書，如果總分達到合格分數，但有一科成績未達到通過門檻，亦不算是合格。N3之總分通過標準及各分科成績通過門檻請見下表。

從分數的分配來看，「聽解」與「讀解」的比重都較以往的考試提高，尤其是聽解部分，分數佔比約為1/3，表示新日檢將透過提高聽力與閱讀能力來測試考生的語言應用能力。

N3總分通過標準及各分科成績通過門檻				
總分通過標準	得分範圍	0~180		
	通過標準	95		
分科成績通過門檻	言語知識（文字‧語彙‧文法）		得分範圍	0~60
			通過門檻	19
	讀解		得分範圍	0~60
			通過門檻	19
	聽解		得分範圍	0~60
			通過門檻	19

從上表得知，考生必須總分超過95分，同時「言語知識（文字‧語彙‧文法）」、「讀解」、「聽解」皆不得低於19分，方能取得N3合格證書。

此外，根據新發表的內容，新日檢N3合格的目標，是希望考生能對日常生活中常用的日文有一定程度的理解。

新日檢程度標準		
新日檢N3	閱讀（讀解）	・能閱讀理解與日常生活相關、內容具體的文章。 ・能大致掌握報紙標題等的資訊概要。 ・與一般日常生活相關的文章，即便難度稍高，只要調整敘述方式，就能理解其概要。
	聽力（聽解）	・以接近自然速度聽取日常生活中各種場合的對話，並能大致理解話語的內容、對話人物的關係。

新日檢N3的考題有什麼？

　　除了延續舊制日檢既有的考試架構，新日檢N3更加入了新的測驗題型，所以考生不能只靠死記硬背，而必須整體提升日文應用能力。考試內容整理如下表所示：

考試科目（時間）		題型		
		大題	內容	題數
言語知識（文字・語彙）	文字・語彙	1 漢字讀音	選擇漢字的讀音	8
		2 表記	選擇適當的漢字	6
		3 文脈規定	根據句子選擇正確的單字意思	11
		4 近義詞	選擇與題目意思最接近的單字	5
		5 用法	選擇題目在句子中正確的用法	5

考試科目（時間）		大題	題型		題數
			內容		
70 分鐘 言語知識（文法）·讀解	文法	1	文法1（判斷文法形式）	選擇正確句型	13
		2	文法2（組合文句）	句子重組（排序）	5
		3	文章文法	文章中的填空（克漏字），根據文脈，選出適當的語彙或句型	5
	讀解	4	內容理解（短文）	閱讀題目（包含生活、工作等各式話題，約150～200字的文章），測驗是否理解其內容	4
		5	內容理解（中文）	閱讀題目（解說、隨筆等，約350字的文章），測驗是否理解其因果關係或關鍵字	6
		6	內容理解（長文）	閱讀題目（經過改寫的解說、隨筆、書信等，約550字的文章），測驗是否能夠理解其概要	4
		7	資訊檢索	閱讀題目（廣告、傳單等，約600字），測驗是否能找出必要的資訊	2
40 分鐘 聽解		1	課題理解	聽取具體的資訊，選擇適當的答案，測驗是否理解接下來該做的動作	6
		2	重點理解	先提示問題，再聽取內容並選擇正確的答案，測驗是否能掌握對話的重點	6
		3	概要理解	測驗是否能從聽力題目中，理解說話者的意圖或主張	3
		4	說話表現	邊看圖邊聽說明，選擇適當的話語	4
		5	即時應答	聽取單方提問或會話，選擇適當的回答	9

其他關於新日檢的各項改革資訊，可逕查閱「日本語能力試驗」官方網站http://www.jlpt.jp/。

台灣地區新日檢相關考試訊息

測驗日期：每年七月及十二月第一個星期日

測驗級數及時間：N1、N3在下午舉行；N2、N4、N5在上午舉行

測驗地點：台北、台中、高雄

報名時間：第一回約於四月初，第二回約於九月初

實施機構：財團法人語言訓練測驗中心

      （02）2365-5050

      http://www.lttc.ntu.edu.tw/JLPT.htm

如何使用本書

考前1週完美備戰計畫：「學習」、「演練」雙管齊下，立即提升實力

即使考試迫在眉睫，把握最後關鍵7天，一樣能輕鬆通過新日檢！

倒數第7~2天 **確保程度**

1天1回測驗，立即解析N3範圍內的文字語彙，詞性、重音、釋義詳盡，了解自我程度，針對不足處馬上補強！

考前1天 **模擬測驗**

全真模擬試題，透視新日檢N3考題，拿下合格關鍵分！

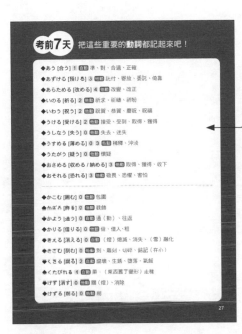

PLUS!! 考前7天 必背單字

除了解析出現過的單字，還依詞性分類，精選出題頻率最高的單字，完整擴充單字量。每天寫完測驗題後立即背誦，分秒必爭，學習滿分！

本書略語一覽表			
名	名詞	イ形	イ形容詞（形容詞）
代	代名詞	ナ形	ナ形容詞（形容動詞）
感	感嘆詞	連體	連體詞
副	副詞	接續	接續詞
自動	自動詞	接尾	接尾語
他動	他動詞	連語	連語詞組
自他動	自他動詞	0 1 2…	重音（語調）標示

目　錄

第一回 　　　　　　　　　　　　　　　　　　　　　　　　　**15**

第二回 　　　　　　　　　　　　　　　　　　　　　　　　　**31**

考前衝刺
第一回

▶ 試題

▶ 解答

▶ 解析

▶ 考前7天
把這些重要的動詞都記起來吧！

試題

(1) 次の言葉の正しい読み方を一つ選びなさい。

(　　) ①嵐

1. あやし　2. あらし　3. あかし　4. あむし

(　　) ②受付

1. うつつけ　2. うけつき　3. うつつけ　4. うけつけ

(　　) ③恐ろしい

1. おそろしい　2. おこらしい

3. おもらしい　4. おとらしい

(　　) ④記録

1. きろく　2. きろん　3. きろ　4. ぎろ

(　　) ⑤現状

1. げんしょう　2. げんじょう

3. けんしょう　4. けんじょう

(　　) ⑥寂しい

1. さびしい　2. さひしい　3. さぶしい　4. さふしい

(　　) ⑦鈴

1. すす　2. すず　3. すし　4. すじ

（　　　）⑧騒々しい

  1. そいぞいしい　　　　　　2. そうぞうしい

  3. そんぞんしい　　　　　　4. そわぞわしい

（　　　）⑨長男

  1. ちょうだん　　　　　　2. ちょうたん

  3. ちょうなん　　　　　　4. ちょうにん

（　　　）⑩手紙

  1. てし　　　2. てんし　　　3. てがみ　　　4. てかみ

（　　　）⑪斜め

  1. なみめ　　2. ななめ　　3. なわめ　　4. なよめ

（　　　）⑫布

  1. ぬの　　　2. ぬお　　　3. ぬあ　　　4. ぬも

（　　　）⑬喉

  1. のと　　　2. のど　　　3. のた　　　4. のだ

（　　　）⑭日の入り

  1. ひのはいり　　　　　　2. ひのはり

  3. ひのいり　　　　　　4. ひのきり

（　　　）⑮別々

  1. へつへつ　2. べつべつ　3. へつべつ　4. べつへつ

（　　　）⑯貧しい

  1. まつしい　2. ますしい　3. まずしい　4. まづしい

（　　）⑰昔

      1. むかわ　　　2. むまえ　　　3. むまに　　　4. むかし

（　　）⑱文句

      1. もんつ　　　2. もんく　　　3. もんし　　　4. もんこ

（　　）⑲優秀

      1. ゆんしゅう　　　　　　　　2. ゆうじゅう

      3. ゆうしゅう　　　　　　　　4. ゆんじゅう

（　　）⑳楽

      1. らく　　　2. らい　　　3. らき　　　4. らし

（　　）㉑留守

      1. るま　　　2. るも　　　3. るさ　　　4. るす

（　　）㉒録音

      1. ろくあん　　　2. ろくおん　　　3. ろくおと　　　4. ろくじつ

▶ (2) 次の言葉の正しい漢字を一つ選びなさい。

（　　）①いそがしい

      1. 忙しい　　　2. 痛しい　　　3. 祝しい　　　4. 斉しい

（　　）②えいきゅう

      1. 永康　　　2. 永和　　　3. 永遠　　　4. 永久

（　　）③かんごし

      1. 看護人　　　2. 看護婦　　　3. 看護子　　　4. 看護師

（　　　）④くばる

1. 組る　　　　2. 配る　　　　3. 砕る　　　　4. 暮る

（　　　）⑤こおり

1. 嵐　　　　　2. 風　　　　　3. 水　　　　　4. 氷

（　　　）⑥しるし

1. 印　　　　　2. 刻　　　　　3. 号　　　　　4. 標

（　　　）⑦せんぷうき

1. 扇風器　　　2. 電風扇　　　3. 扇風機　　　4. 電風気

（　　　）⑧だんし

1. 団子　　　　2. 男子　　　　3. 断子　　　　4. 談子

（　　　）⑨つゆ

1. 雷雨　　　　2. 梅雨　　　　3. 豪雨　　　　4. 小雨

（　　　）⑩とうばん

1. 当班　　　　2. 値班　　　　3. 値番　　　　4. 当番

（　　　）⑪にょうぼう

1. 女房　　　　2. 女方　　　　3. 女将　　　　4. 女家

（　　　）⑫ねこ

1. 獣　　　　　2. 狸　　　　　3. 猫　　　　　4. 狐

（　　　）⑬はやくち

1. 話口　　　　2. 快口　　　　3. 早口　　　　4. 速口

（　　）⑭ふくめる

　　　　1. 圧める　　　　2. 括める　　　　3. 包める　　　　4. 含める

（　　）⑮ほとけ

　　　　1. 神　　　　　　2. 仏　　　　　　3. 上　　　　　　4. 帝

（　　）⑯みやげ

　　　　1. 土商物　　　　2. 土産品　　　　3. 商品　　　　　4. 土産

（　　）⑰めいわく

　　　　1. 憂迷　　　　　2. 迷困　　　　　3. 困惑　　　　　4. 迷惑

（　　）⑱やね

　　　　1. 家屋　　　　　2. 屋上　　　　　3. 屋頂　　　　　4. 屋根

（　　）⑲よあけ

　　　　1. 夜開け　　　　2. 夜空け　　　　3. 夜明け　　　　4. 夜清け

（　　）⑳りょうきん

　　　　1. 費金　　　　　2. 料金　　　　　3. 費用　　　　　4. 料用

（　　）㉑れいてん

　　　　1. 零分　　　　　2. 零点　　　　　3. 零典　　　　　4. 零個

（　　）㉒わりあい

　　　　1. 例合　　　　　2. 率合　　　　　3. 割合　　　　　4. 比合

解答

▶ (1) 次の言葉の正しい読み方を一つ選びなさい。

① 2	② 4	③ 1	④ 1	⑤ 2
⑥ 1	⑦ 2	⑧ 2	⑨ 3	⑩ 3
⑪ 2	⑫ 1	⑬ 2	⑭ 3	⑮ 2
⑯ 3	⑰ 4	⑱ 2	⑲ 3	⑳ 1
㉑ 4	㉒ 2			

▶ (2) 次の言葉の正しい漢字を一つ選びなさい。

① 1	② 4	③ 4	④ 2	⑤ 4
⑥ 1	⑦ 3	⑧ 2	⑨ 2	⑩ 4
⑪ 1	⑫ 3	⑬ 3	⑭ 4	⑮ 2
⑯ 4	⑰ 4	⑱ 4	⑲ 3	⑳ 2
㉑ 2	㉒ 3			

解析

▶ (1) 次の言葉の正しい読み方を一つ選びなさい。

（ 2 ）①嵐

    2. あらし [嵐] 1 名 暴風雨、風暴

（ 4 ）②受付

    4. うけつけ [受付] 0 名 受理、詢問處（櫃檯）、接待室

（ 1 ）③恐ろしい

    1. おそろしい [恐ろしい] 4 イ形 嚇人的、可怕的、驚人的

（ 1 ）④記録

    1. きろく [記録] 0 名 記錄、（破）紀錄

（ 2 ）⑤現状

    1. げんしょう [現象] 0 名 現象

    2. げんじょう [現状] 0 名 現狀

（ 1 ）⑥寂しい

    1. さびしい [寂しい] 3 イ形 寂寞的

（ 2 ）⑦鈴

    2. すず [鈴] 0 名 鈴、鈴鐺

    4. すじ [筋] 1 名 大綱、概要、素質、筋、腱

（ 2 ）⑧騒々しい

    2. そうぞうしい [騒々しい] 5 イ形 吵雜的、動盪不安的

（ 3 ）⑨長男

    3. ちょうなん [長男] １ ３ 名 長男

（ 3 ）⑩手紙

    3. てがみ [手紙] ０ 名 信

（ 2 ）⑪斜め

    2. ななめ [斜め] ２ 名 ナ形 傾斜、不高興

（ 1 ）⑫布

    1. ぬの [布] ０ 名 布

（ 2 ）⑬喉

    2. のど [喉] １ 名 喉嚨、脖子、嗓音

（ 3 ）⑭日の入り

    3. ひのいり [日の入り] ０ 名 日落、黃昏

（ 2 ）⑮別々

    2. べつべつ [別々] ０ 名 ナ形 分別、各自

（ 3 ）⑯貧しい

    3. まずしい [貧しい] ３ イ形 貧困的、貧乏的、貧弱的

（ 4 ）⑰昔

    4. むかし [昔] ０ 名 從前、過去、故人、前世

（ 2 ）⑱文句

    2. もんく [文句] １ 名 文章詞句、抱怨

（ 3 ）⑲優秀

    3. ゆうしゅう [優秀] `0` `名` `ナ形` 優秀

（ 1 ）⑳楽

    1. らく [楽] `2` `名` `ナ形` 安樂、舒適、寬裕、輕鬆

（ 4 ）㉑留守

    4. るす [留守] `1` `名` 不在家、外出、忽略

（ 2 ）㉒録音

    2. ろくおん [録音] `0` `名` 録音

▶ (2) 次の言葉の正しい漢字を一つ選びなさい。

（ 1 ）①いそがしい

    1. いそがしい [忙しい] `4` `イ形` 忙碌的

（ 4 ）②えいきゅう

    3. えいえん [永遠] `0` `名` `ナ形` 永遠

    4. えいきゅう [永久] `0` `名` `ナ形` 永久

（ 4 ）③かんごし

    4. かんごし [看護師] `3` `名` 護士

（ 2 ）④くばる

    2. くばる [配る] `2` `他動` 分發、分派、留心、留意

（ 4 ）⑤こおり

    1. あらし [嵐] `1` `名` 暴風雨、風暴

    2. かぜ [風] `0` `名` 風

3. みず [水] 0 名 水、飲用水、液體

4. こおり [氷] 0 名 冰

（ 1 ）⑥しるし

1. しるし [印] 0 名 記號、標記、象徵、徵兆

3. ～ごう [～号] 接尾 （定期發行的刊物期數）第～期

（ 3 ）⑦せんぷうき

3. せんぷうき [扇風機] 3 名 電風扇

（ 2 ）⑧だんし

2. だんし [男子] 1 名 男子、男子漢

（ 2 ）⑨つゆ

2. つゆ [梅雨] 0 名 梅雨

（ 4 ）⑩とうばん

4. とうばん [当番] 1 名 值勤、值班

（ 1 ）⑪にょうぼう

1. にょうぼう [女房] 1 名 妻子、老婆

（ 3 ）⑫ねこ

3. ねこ [猫] 1 名 貓

（ 3 ）⑬はやくち

3. はやくち [早口] 2 名 說話快、繞口令

（ 4 ）⑭ふくめる

4. 含める [含める] 3 他動 包含、指導

（ 2 ）⑮ほとけ

    2. ほとけ [仏] ０ ３ 名 佛、佛像、死者

（ 4 ）⑯みやげ

    4. みやげ [土産] ０ 名 伴手禮、手信、土產

（ 4 ）⑰めいわく

    4. めいわく [迷惑] １ 名 ナ形 困擾、困惑、給人添麻煩

（ 4 ）⑱やね

    4. やね [屋根] １ 名 屋頂、篷

（ 3 ）⑲よあけ

    3. よあけ [夜明け] ３ 名 清晨、拂曉、（新時代或新事物的）開端

（ 2 ）⑳りょうきん

    2. りょうきん [料金] １ 名 費用

（ 2 ）㉑れいてん

    2. れいてん [零点] ３ ０ 名 零分、沒有資格

（ 3 ）㉒わりあい

    3. わりあい [割合] ０ 名 比例、比率

               ０ 副 比較地、意外地

考前**7天** 把這些重要的**動詞**都記起來吧！

◆あう [合う] 1 自動 準、對、合適、正確

◆あずける [預ける] 3 他動 託付、寄放、委託、倚靠

◆あらためる [改める] 4 他動 改變、改正

◆いのる [祈る] 2 他動 祈求、祈禱、祈盼

◆いわう [祝う] 2 他動 祝賀、恭賀、慶祝、祝福

◆うける [受ける] 2 他動 接受、受到、取得、獲得

◆うしなう [失う] 0 他動 失去、迷失

◆うすめる [薄める] 0 3 他動 稀釋、沖淡

◆うたがう [疑う] 0 他動 懷疑

◆おさめる [収める / 納める] 3 他動 取得、獲得、收下

◆おそれる [恐れる] 3 他動 敬畏、恐懼、害怕

....

◆かこむ [囲む] 0 他動 包圍

◆かざる [飾る] 0 他動 裝飾

◆かよう [通う] 0 自動 通（勤）、往返

◆かりる [借りる] 0 他動 借、借入、租

◆きえる [消える] 0 自動 （燈）熄滅、消失、（雪）融化

◆きざむ [刻む] 0 他動 刻、雕刻、切碎、銘記（在心）

◆くさる [腐る] 2 自動 腐壞、生鏽、墮落、氣餒

◆くたびれる 4 自動 累、（東西舊了變形）走樣

◆けす [消す] 0 他動 關（燈）、消除

◆けずる [削る] 0 他動 削

◆このむ [好む] 2 他動 喜愛、愛好

◆こむ [混む / 込む] 1 自動 擁擠、混亂

◆さかのぼる [遡る] 4 自動 回溯、追溯

◆さがる [下がる] 2 自動 下降、後退、退步

◆しらべる [調べる] 3 他動 調查

◆すぐれる [優れる] 3 自動 優秀、卓越、（狀態）佳

◆すすむ [進む] 0 自動 前進、進展順利、（鐘）時間快

◆すませる [済ませる] 3 他動 完成

◆そなえる [備える / 具える] 3 他動 設置、準備、具備

◆そろう [揃う] 2 自動 一致、齊全、到齊

◆たくわえる [蓄える] 4 3 他動 貯蓄、貯備

◆たよる [頼る] 2 自他動 依靠、拄（枴杖）

◆ちがう [違う] 2 自動 不同、不是、背對

◆つとめる [努める] 3 自他動 努力

◆つれる [連れる] 0 他動 帶領、帶著

◆てつだう [手伝う] 3 他動 幫忙

◆てらす [照らす] 0 2 他動 照耀、依照

◆てる [照る] 1 自動 （日光、月光）照耀、照亮、晴天

◆とまる [泊まる] 0 自動 投宿、停泊

◆とらえる [捕らえる] 3 他動 捕捉

◆なまける [怠ける] 3 他動 懶惰

◆にげる [逃げる] 2 自動 逃跑、躲避、甩開

◆にる [似る] 0 自動 相似、像

◆ねらう [狙う] 0 他動 瞄準、尋找～的機會

◆のこす [残す] 2 他動 留下、遺留、殘留

◆のぞく [除く] 0 他動 消除、除外

◆のぞむ [望む] 0 2 他動 眺望、期望、要求

◆はずれる [外れる] 0 自動 脫落、偏離、不中、落空、除去

◆はやる [流行る] 2 自動 流行、興旺、蔓延

◆ひかる [光る] 2 自動 發光、出類拔萃

◆ひらく [開く] 2 自他動 （花）綻放、（門）開、拉開、打開、開始、舉辦

◆ひろう [拾う] 0 他動 撿、挑出、攔、收留、意外得到

◆ふく [拭く] 0 他動 擦、抹、拭

◆ふせぐ [防ぐ] 2 他動 防止、預防

◆ふとる [太る] 2 自動 胖、發福、發財

◆ふれる [触れる] 0 自他動 觸、碰、打動、談到、觸犯、傳播

◆ほめる [褒める] 2 他動 稱讚、表揚

◆まざる [混ざる / 交ざる] 2 自動 混合

◆まぜる [混ぜる / 交ぜる] 2 他動 攪、混、攪拌

◆まちがう [間違う] 3 自他動 錯誤、弄錯

29

◆まねく [招く] 2 他動 招手、招待、招致

◆みがく [磨く] 0 他動 擦、刷、修飾、鍛錬

◆みとめる [認める] 0 他動 看見、判斷、認同、允許

◆みなおす [見直す] 0 3 他動 重看、再檢討、改觀、（病況、景氣）好轉

◆むかう [向（か）う] 0 自動 向、朝、接近、面對、對抗、匹敵、對面

◆むく [向く] 0 自動 轉向、面向、意向、相稱、趨向、服從

◆むす [蒸す] 1 自動 蒸、感覺潮濕悶熱

◆めしあがる [召（し）上（が）る] 0 4 他動 「食べる」（吃）、「飲む」（喝）的尊敬語

◆もうす [申す] 1 自動 （「言う」的謙讓語）說、（「願う」、「請う」的謙讓語）請求、（「する」、「行う」的謙讓語）做

◆もちいる [用いる] 3 0 他動 使用、錄用、採用、用心、必要

◆もとめる [求める] 3 他動 追求、尋求、要求、購買

◆もどる [戻る] 2 自動 返回、退回、回復

◆やく [焼く] 0 他動 焚燒、燒烤、燒製、日曬、腐蝕、烙印、操心

◆よぶ [呼ぶ] 0 他動 喊叫、邀請、稱呼、招致

◆よろこぶ [喜ぶ] 3 自動 開心、喜悅、祝福、樂意

◆わける [分ける] 2 自動 分割、分類、區分、仲裁、判斷、分配、撥開

◆わたす [渡す] 0 他動 渡河、搭、交遞、給予

◆わたる [渡る] 0 自動 度過、經過、度日、拿到

考前衝刺
第二回

▶ 試題

▶ 解答

▶ 解析

▶ 考前6天
把這些重要的名詞都記起來吧！

▐ （1）次の言葉の正しい読み方を一つ選びなさい。

（　　）①浅い

　　　　　1. あさい　　　2. あかい　　　3. あきい　　　4. あらい

（　　）②腕

　　　　　1. うじ　　　　2. うま　　　　3. うで　　　　4. うち

（　　）③各々

　　　　　1. おのおの　　2. おもおも　　3. おろおろ　　4. おらおら

（　　）④絹

　　　　　1. きぬ　　　　2. きし　　　　3. きく　　　　4. きれ

（　　）⑤研究

　　　　　1. けんきゅう　　　　　　　2. けんしゅう

　　　　　3. けんちょう　　　　　　　4. けんにゅう

（　　）⑥左右

　　　　　1. さゆき　　　2. さゆこ　　　3. さゆう　　　4. さゆい

（　　）⑦末っ子

　　　　　1. すえっこ　2. すみっこ　3. すわっこ　4. すてっこ

（　　）⑧相違

　　　　　1. そうい　　　2. そかい　　　3. そわい　　　4. そんい

(　　) ⑨ちり紙

　　　1. ちりがみ　　2. ちりかみ　　3. ちりし　　4. ちりじ

(　　) ⑩適する

　　　1. てつする　　2. てんする　　3. てきする　　4. できする

(　　) ⑪涙

　　　1. なみた　　2. なみだ　　3. なまた　　4. なまだ

(　　) ⑫盗む

　　　1. ぬくむ　　2. ぬすむ　　3. ぬるむ　　4. ぬたむ

(　　) ⑬残る

　　　1. のそる　　2. のまる　　3. のかる　　4. のこる

(　　) ⑭一言

　　　1. ひという　　2. ひとごん　　3. ひとこと　　4. ひとばな

(　　) ⑮部屋

　　　1. へや　　2. へあ　　3. へま　　4. へそ

(　　) ⑯豆

　　　1. まめ　　2. まあ　　3. まお　　4. まの

(　　) ⑰結ぶ

　　　1. むかぶ　　2. むらぶ　　3. むしぶ　　4. むすぶ

(　　) ⑱木綿

　　　1. もあん　　2. もめん　　3. ものん　　4. もおん

(　　　) ⑲豊か

      1. ゆいか   2. ゆたか   3. ゆあか   4. ゆわか

(　　　) ⑳来日

      1. らいにち   2. らいじつ   3. らいひ   4. らいか

(　　　) ㉑類

      1. るう   2. るい   3. るえ   4. るん

(　　　) ㉒老化

      1. ろくか   2. ろんか   3. ろうか   4. ろか

▼ (2) 次の言葉の正しい漢字を一つ選びなさい。

(　　　) ①いだい

      1. 巨大   2. 拡大   3. 寛大   4. 偉大

(　　　) ②えいよう

      1. 衛養   2. 営業   3. 栄養   4. 栄誉

(　　　) ③かぜ

      1. 風   2. 雨   3. 雷   4. 雲

(　　　) ④くび

      1. 耳   2. 頭   3. 首   4. 口

(　　　) ⑤こうすい

      1. 香水   2. 洪水   3. 浸水   4. 粧水

（　　）⑥じょゆう

      1. 女技　　　　2. 女演　　　　3. 女優　　　　4. 女芸

（　　）⑦せんぞ

      1. 先手　　　　2. 祖先　　　　3. 前先　　　　4. 先祖

（　　）⑧たいいん

      1. 住院　　　　2. 退院　　　　3. 出院　　　　4. 入院

（　　）⑨つめ

      1. 手　　　　　2. 肘　　　　　3. 爪　　　　　4. 足

（　　）⑩どくしん

      1. 単身　　　　2. 独身　　　　3. 単親　　　　4. 独親

（　　）⑪にげる

      1. 逃げる　　　2. 投げる　　　3. 避げる　　　4. 煮げる

（　　）⑫ねだん

      1. 値価　　　　2. 値段　　　　3. 価段　　　　4. 定価

（　　）⑬はんこ

      1. 印子　　　　2. 判子　　　　3. 証子　　　　4. 章子

（　　）⑭ふえ

      1. 管　　　　　2. 筒　　　　　3. 笛　　　　　4. 竹

（　　）⑮ほそい

      1. 微い　　　　2. 小い　　　　3. 細い　　　　4. 狭い

(　　) ⑯みなれる

    1. 見成れる   2. 見生れる   3. 見為れる   4. 見慣れる

(　　) ⑰めした

    1. 眼舌   2. 眼下   3. 目下   4. 目後

(　　) ⑱やぶれる

    1. 崩れる   2. 裂れる   3. 壊れる   4. 破れる

(　　) ⑲よのなか

    1. 余の中   2. 代の中   3. 時の中   4. 世の中

(　　) ⑳りか

    1. 理科   2. 然科   3. 自科   4. 利科

(　　) ㉑れいぼう

    1. 冷坊   2. 冷機   3. 冷気   4. 冷房

(　　) ㉒わん

    1. 岸   2. 湾   3. 港   4. 浜

解答

（1）次の言葉の正しい読み方を一つ選びなさい。

①	1	②	3	③	1	④	1	⑤	1
⑥	3	⑦	1	⑧	1	⑨	1	⑩	3
⑪	2	⑫	2	⑬	4	⑭	3	⑮	1
⑯	1	⑰	4	⑱	2	⑲	2	⑳	1
㉑	2	㉒	3						

（2）次の言葉の正しい漢字を一つ選びなさい。

①	4	②	3	③	1	④	3	⑤	1
⑥	3	⑦	4	⑧	2	⑨	3	⑩	2
⑪	1	⑫	2	⑬	2	⑭	3	⑮	3
⑯	4	⑰	3	⑱	4	⑲	4	⑳	1
㉑	4	㉒	2						

解析

▎（1）次の言葉の正しい読み方を一つ選びなさい。

（ 1 ）①浅い

    1. あさい [浅い] 0 2 **イ形** 淺的

    2. あかい [赤い] 0 **イ形** 紅色的

    4. あらい [荒い] 0 2 **イ形** 兇猛的、粗暴的

（ 3 ）②腕

    2. うま [馬] 2 **名** 馬

    3. うで [腕] 2 **名** 手臂、腕力、扶手、本領

    4. うち [家] 0 **名** 家、房子

（ 1 ）③各々

    1. おのおの [各々] 2 **名** 各自、一個一個

                           2 **代** 各位

（ 1 ）④絹

    1. きぬ [絹] 1 **名** （蠶）絲、絲綢、絲織品

    2. きし [岸] 2 **名** 岸、懸崖

    3. きく [聞く] 0 **他動** 聽、聽從、打聽、問

    3. きく [効く] 0 **自動** 有效

    4. きれ [布] 2 **名** 碎布

（ 1 ）⑤研究

    1. けんきゅう [研究] 0 **名** 研究

    2. けんしゅう [研修] 0 **名** 研修、進修

3. けんちょう [県庁] １ ０ 名 縣政府

（ ３ ）⑥左右

    3. さゆう [左右] 1 名 左右、兩側、支配、影響

（ １ ）⑦末っ子

    1. すえっこ [末っ子] 0 名 老么

（ １ ）⑧相違

    1. そうい [相違] 0 名 差別、不符合、差異

（ １ ）⑨ちり紙

    1. ちりがみ [ちり紙] 0 名 衛生紙

（ ３ ）⑩適する

    3. てきする [適する] 3 自動 適用、適合、符合

（ ２ ）⑪涙

    2. なみだ [涙] 1 名 眼淚、同情

（ ２ ）⑫盗む

    2. ぬすむ [盗む] 2 他動 偷竊、抽空

（ ４ ）⑬残る

    4. のこる [残る] 2 自動 留下、留傳（後世）、殘留、剩下

（ ３ ）⑭一言

    3. ひとこと [一言] 2 名 一句話、三言兩語

（ １ ）⑮部屋

    1. へや [部屋] 2 名 房間、屋子

（ 1 ）⑯豆

1. まめ [豆] 2 名 豆

2. まあ 1 感 （表驚訝或佩服，多為女性使用）哇、啊

（ 4 ）⑰結ぶ

4. むすぶ [結ぶ] 0 自他動 繫、聯繫、締結、緊閉、緊握、結果、盤（髮髻）

（ 2 ）⑱木綿

2. もめん [木綿] 0 名 棉花、棉線、棉布

（ 2 ）⑲豊か

2. ゆたか [豊か] 1 ナ形 豐富、富裕、充實、豐滿

（ 1 ）⑳来日

1. らいにち [来日] 0 名 （外國人）赴日

（ 2 ）㉑類

2. るい [類] 1 名 同類、種類

（ 3 ）㉒老化

3. ろうか [老化] 0 名 老化、衰老

◤ (2) 次の言葉の正しい漢字を一つ選びなさい。

（ 4 ）①いだい

2. かくだい [拡大] 0 名 擴大、放大

4. いだい [偉大] 0 ナ形 偉大

(3) ②えいよう

    2. えいぎょう [営業] 0 名 營業、經營、業務

    3. えいよう [栄養] 0 名 營養

(1) ③かぜ

    1. かぜ [風] 0 名 風

    2. あめ [雨] 1 名 雨

    3. かみなり [雷] 3 4 名 雷、發火

    4. くも [雲] 1 名 雲

(3) ④くび

    1. みみ [耳] 2 名 耳朵、聽力、（物品的）邊緣、（物品的）把手

    2. あたま [頭] 3 2 名 頭、頭腦

    3. くび [首] 0 名 頸、頭、解雇

    4. くち [口] 0 名 口、嘴

(1) ⑤こうすい

    1. こうすい [香水] 0 名 香水

(3) ⑥じょゆう

    3. じょゆう [女優] 0 名 女演員

(4) ⑦せんぞ

    2. そせん [祖先] 1 名 祖先

    4. せんぞ [先祖] 1 名 祖先

(2) ⑧たいいん

    2. たいいん [退院] 0 名 出院

    4. にゅういん [入院] 0 名 住院

（　3　）⑨つめ

    1. て [手] 1 名 手

    2. ひじ [肘] 2 名 手肘、（椅子）扶手

    3. つめ [爪] 0 名 爪子、指甲、趾甲

    4. あし [足] 2 名 腳、腿、步行

（　2　）⑩どくしん

    2. どくしん [独身] 0 名 單身

（　1　）⑪にげる

    1. にげる [逃げる] 2 自動 逃跑、躲避、甩開

    2. なげる [投げる] 2 他動 扔、投、摔、提供

    3. さける [避ける] 2 他動 避開

（　2　）⑫ねだん

    1. かち [価値] 1 名 價值

    2. ねだん [値段] 0 名 價格

    4. ていか [定価] 0 名 定價

（　2　）⑬はんこ

    2. はんこ [判子] 3 名 印章

（　3　）⑭ふえ

    1. かん [管] 1 名 管子

    2. つつ [筒] 2 0 名 筒、管子、槍管、炮筒

    3. ふえ [笛] 0 名 笛子、哨子

    4. たけ [竹] 0 名 竹子

（ 3 ）⑮ほそい

    3. ほそい [細い] 2 **イ形** 細的、狹窄的、微弱的

    4. せまい [狭い] 2 **イ形** 窄的

（ 4 ）⑯みなれる

    4. みなれる [見慣れる] 0 3 **自動** 眼熟

（ 3 ）⑰めした

    3. めした [目下] 0 3 **名** 部下、晚輩

（ 4 ）⑱やぶれる

    1. くずれる [崩れる] 3 **自動** 崩潰、瓦解、變壞

    3. こわれる [壊れる] 3 **自動** 壞了、故障、告吹

    4. やぶれる [破れる] 3 **自動** 破裂、破損、破壞、破滅、負傷

（ 4 ）⑲よのなか

    4. よのなか [世の中] 2 **名** 世間、社會、俗世、時代

（ 1 ）⑳りか

    1. りか [理科] 1 **名** 自然科學

（ 4 ）㉑れいぼう

    4. れいぼう [冷房] 0 **名** 冷氣

（ 2 ）㉒わん

    1. きし [岸] 2 **名** 岸、懸崖

    2. わん [湾] 1 **名** 海灣

    3. みなと [港] 0 **名** 港口、出海口

◆あと [跡] 1 名 痕跡、跡象、行蹤、家業

◆あんき [暗記] 0 名 背下來、熟記

◆いき [息] 1 名 氣息、步調

◆いちじ [一時] 2 名 （時間）一點、一時、當時、一次

◆いちど [一度] 3 名 一次

◆うそ [嘘] 1 名 謊言、錯誤

◆うちあわせ [打（ち）合（わ）せ] 0 名 事先商量、事前磋商

◆うりあげ [売（り）上げ] 0 名 業績、營業額

◆うりきれ [売（り）切れ] 0 名 售完

◆おせん [汚染] 0 名 污染

◆おもいで [思い出] 0 名 回憶

◆かきとめ [書留] 0 名 掛號（郵件）

◆かはんすう [過半数] 2 4 名 過半數

◆がら [柄] 0 名 體格、身材、品性、花紋

◆き [気] 0 名 心、性格、度量、熱情、意識、精力、氣氛

◆きゅうか [休暇] 0 名 休假

◆くもり [曇り] 3 名 陰天、朦朧、汙點

◆くみあい [組合] 0 名 組合、合作社、工會

◆くじょう [苦情] 0 名 （訴）苦、不滿

◆けむり [煙] 0 名 煙

◆げしゅく [下宿] 0 名 寄宿

◆こころあたり [心当たり] 4 名 線索

***

◆さいきん [最近] 0 名 最近

◆さくじょ [削除] 1 名 刪除

◆さしつかえ [差（し）支え] 0 名 妨礙、不方便

◆しらが [白髪] 3 名 白髮

◆しゅつじょう [出場] 0 名 出場、上場、出站

◆すききらい [好き嫌い] 2 3 名 好惡、挑剔

◆ずつう [頭痛] 0 名 頭痛、擔心、煩惱

◆せつやく [節約] 0 名 節約

◆そうさ [操作] 1 名 操作

***

◆たび [旅] 2 名 旅行

◆ちかごろ [近頃] 2 名 近來、這些日子

◆ちょきん [貯金] 0 名 存款

◆つきひ [月日] 2 名 日月、時光、歲月

◆てってい [徹底] 0 名 徹底

◆でんごん [伝言] 0 名 代為傳達

◆ところどころ [所々] 4 名 到處

◆どろぼう [泥棒] 0 名 小偷

◆とっきゅう [特急] 0 名 火速、特快、（日本電車的）特快車

◆なかよし [仲良し] 2 名 要好、好朋友

◆なっとく [納得] 0 名 理解、同意

◆にじ [虹] 0 名 彩虹

◆のぞみ [望み] 0 名 希望、要求、抱負

◆のりかえ [乗（り）換え] 0 名 轉乘、換乘

◆はいけん [拝見] 0 名 拜讀

◆はなしあい [話し合い] 0 名 商量、協商

◆はなみ [花見] 3 名 賞花、賞櫻花

◆ひきわけ [引（き）分け] 0 名 和局、不分勝負

◆ひょうか [評価] 1 名 估價、評價、承認

◆ふせい [不正] 0 名 ナ形 不正當

◆ふとん [布団] 0 名 被子

◆ふみきり [踏（み）切り] 0 名 平交道、起跳點

◆へいきん [平均] 0 名 平均、平均值

◆へいじつ [平日] 0 名 平常、平日

◆へいわ [平和] 0 名 ナ形 和平、平安

◆へんじ [返事] 3 名 回答、回信

◆ぼうえき [貿易] 0 名 貿易

◆ほうこう [方向] 0 名 方向、方針

◆ほうそう [放送] 0 名 廣播、播放

◆ほうぼう [方々] 1 名 到處、各處

◆ぼしゅう [募集] 0 名 募集、招募

◆ほぞん [保存] 0 名 保存、儲存

◆まさつ [摩擦] 0 名 摩擦

◆まちがい [間違い] 3 名 錯誤、失敗、事故

◆まれ [稀] 0 2 名 罕有、稀少

◆みかけ [見かけ] 0 名 外觀

◆みほん [見本] 0 名 樣品、模範

◆むかい [向（か）い] 0 名 對面、對向

◆むり [無理] 1 名 ナ形 無理、勉強、強迫

◆めいめい [銘々] 3 名 各自、每個

◆めうえ [目上] 0 3 名 尊長、長輩、上司

◆もと [元] 1 名 以前、從前

◆もり [森] 0 名 森林、（日本姓氏）森

◆やくめ [役目] 3 名 職責

◆ゆだん [油断] 0 名 大意、輕忽

◆りょうがえ [両替] 0 名 兌換（貨幣或有價證券）

◆りょうがわ [両側] 0 名 兩側

- -

◆わき [脇] 2 名 腋下、旁邊、他處

◆わた [綿] 2 名 棉

考前衝刺
第三回

▶ 試題

▶ 解答

▶ 解析

▶ 考前5天
把這些重要的イ形容詞、連語
都記起來吧！

▶ （1）次の言葉の正しい読み方を一つ選びなさい。

（　　）①合図

1. あうす　　2. あうず　　3. あいす　　4. あいず

（　　）②上着

1. うえぎ　　2. うわぎ　　3. うえき　　4. うわき

（　　）③お礼

1. おらえ　　2. おれえ　　3. おらい　　4. おれい

（　　）④清い

1. きやい　　2. きよい　　3. きもい　　4. きかい

（　　）⑤下品

1. げいん　　2. けぴん　　3. けひん　　4. げひん

（　　）⑥酒場

1. さかじょう　　　　　2. さかば
3. さけじょう　　　　　4. さけば

（　　）⑦隙間

1. すきま　　2. すいま　　3. すみま　　4. すちま

（　　）⑧粗末

1. そざつ　　2. そもつ　　3. そいつ　　4. そまつ

（　　）⑨朝刊

    1. ちょうしん　　　　　　　2. ちょうめん

    3. ちょうし　　　　　　　　4. ちょうかん

（　　）⑩伝染

    1. てんらん　　2. でんらん　　3. てんせん　　4. でんせん

（　　）⑪内容

    1. ないろん　　2. ないよう　　3. ないよん　　4. ないろう

（　　）⑫温い

    1. ぬまい　　2. ぬらい　　3. ぬるい　　4. ぬろい

（　　）⑬農家

    1. のういえ　　2. のうか　　3. のうち　　4. のうじゃ

（　　）⑭引っ越す

    1. ひっゆす　　2. ひっえす　　3. ひっこす　　4. ひっごす

（　　）⑮便利

    1. べんり　　2. へんり　　3. べいり　　4. へいり

（　　）⑯窓口

    1. まとくち　　2. まどくち　　3. まどぐち　　4. まとぐち

（　　）⑰迎える

    1. むわえる　　2. むあえる　　3. むしえる　　4. むかえる

（　　）⑱求める

    1. もとめる　　2. もくめる　　3. もしめる　　4. もろめる

（　　） ⑲夕べ

       1. ゆいべ　　　2. ゆちべ　　　3. ゆうべ　　　4. ゆたべ

（　　） ⑳～等

       1. ～ら　　　　2. ～な　　　　3. ～かた　　　4. ～たち

（　　） ㉑老人

       1. ろうにん　　2. ろうがん　　3. ろうじん　　4. ろうひん

▶ **(2) 次の言葉の正しい漢字を一つ選びなさい。**

（　　） ①いさましい

       1. 忙ましい　　2. 致ましい　　3. 勇ましい　　4. 敢ましい

（　　） ②えんかい

       1. 園会　　　　2. 宴会　　　　3. 円会　　　　4. 縁会

（　　） ③かならずしも

       1. 可ずしも　　2. 定ずしも　　3. 必ずしも　　4. 隠ずしも

（　　） ④くうそう

       1. 空夢　　　　2. 空中　　　　3. 空気　　　　4. 空想

（　　） ⑤こげる

       1. 混げる　　　2. 恋げる　　　3. 扱げる　　　4. 焦げる

（　　） ⑥じゅわき

       1. 電話器　　　2. 受話筒　　　3. 電話筒　　　4. 受話器

(　　) ⑦せおう

    1. 脊負う   2. 背負う   3. 脊追う   4. 背追う

(　　) ⑧だいじょうぶ

    1. 大主人   2. 大老大   3. 大丈夫   4. 大夫人

(　　) ⑨つかれる

    1. 積れる   2. 労れる   3. 疲れる   4. 辛れる

(　　) ⑩とこや

    1. 理屋   2. 床屋   3. 髪屋   4. 所屋

(　　) ⑪にぎる

    1. 掴る   2. 持る   3. 握る   4. 把る

(　　) ⑫ねぼう

    1. 睡坊   2. 睡過   3. 寝過   4. 寝坊

(　　) ⑬はたけ

    1. 畦   2. 畔   3. 田   4. 畑

(　　) ⑭ぶさた

    1. 無問候   2. 無沙汰   3. 無久問   4. 無疎汰

(　　) ⑮ぼく

    1. 私   2. 己   3. 僕   4. 俺

(　　) ⑯みなと

    1. 岸   2. 港   3. 津   4. 浜

（　　）⑰めいじる

    1. 迷じる　　　　2. 命じる　　　　3. 明じる　　　　4. 令じる

（　　）⑱やくそくする

    1. 約定する　　　2. 注束する　　　3. 約束する　　　4. 注定する

（　　）⑲よめ

    1. 嫁　　　　　　2. 婦　　　　　　3. 姑　　　　　　4. 娘

（　　）⑳りょうし

    1. 漁士　　　　　2. 漁夫　　　　　3. 漁人　　　　　4. 漁師

（　　）㉑れつ

    1. 伴　　　　　　2. 行　　　　　　3. 排　　　　　　4. 列

（　　）㉒わかす

    1. 惑かす　　　　2. 沸かす　　　　3. 騰かす　　　　4. 蒸かす

解答

(1) 次の言葉の正しい読み方を一つ選びなさい。

① 4	② 2	③ 4	④ 2	⑤ 4
⑥ 2	⑦ 1	⑧ 4	⑨ 4	⑩ 4
⑪ 2	⑫ 3	⑬ 2	⑭ 3	⑮ 1
⑯ 3	⑰ 4	⑱ 1	⑲ 3	⑳ 1
㉑ 3				

(2) 次の言葉の正しい漢字を一つ選びなさい。

① 3	② 2	③ 3	④ 4	⑤ 4
⑥ 4	⑦ 2	⑧ 3	⑨ 3	⑩ 2
⑪ 3	⑫ 4	⑬ 4	⑭ 2	⑮ 3
⑯ 2	⑰ 2	⑱ 3	⑲ 1	⑳ 4
㉑ 4	㉒ 2			

解析

▶ (1) 次の言葉の正しい読み方を一つ選びなさい。

(4) ①合図

    4. あいず [合図] ① 名 信號、暗號

(2) ②上着

    2. うわぎ [上着] ⓪ 名 上衣、外套

    3. うえき [植木] ⓪ 名 種在庭院或花盆內的樹、盆栽

(4) ③お礼

    4. おれい [お礼] ⓪ 名 答謝、謝禮、謝意

(2) ④清い

    2. きよい [清い] ② イ形 清澈的、純潔的、舒暢的

    4. きかい [機会] ② ⓪ 名 機會、最佳良機

(4) ⑤下品

    4. げひん [下品] ② 名 ナ形 下流

(2) ⑥酒場

    2. さかば [酒場] ⓪ ③ 名 酒館、酒吧

(1) ⑦隙間

    1. すきま [隙間] ⓪ 名 縫、閒暇

(4) ⑧粗末

    4. そまつ [粗末] ① 名 ナ形 粗糙

(4) ⑨朝刊

　　　3. ちょうし [調子] 0 名 情況、狀況

　　　4. ちょうかん [朝刊] 0 名 日報、早報

(4) ⑩伝染

　　　1. てんらん [展覧] 0 名 展覽

　　　3. てんせん [点線] 0 名 點線

　　　4. でんせん [伝染] 0 名 傳染

(2) ⑪内容

　　　2. ないよう [内容] 0 名 內容

(3) ⑫温い

　　　3. ぬるい [温い] 2 イ形 溫的、溫和的

(2) ⑬農家

　　　2. のうか [農家] 1 名 農民、農家

　　　3. のうち [農地] 1 名 農業用地、農田

(3) ⑭引っ越す

　　　3. ひっこす [引っ越す] 3 自動 搬家

(1) ⑮便利

　　　1. べんり [便利] 1 名 ナ形 方便、便利

(3) ⑯窓口

　　　3. まどぐち [窓口] 2 名 窗戶、窗口

(4) ⑰迎える

　　　4. むかえる [迎える] 0 他動 迎接、迎合、歡迎、迎擊

（ １ ）⑱求める

    1. もとめる [求める] 3 他動 追求、尋求、要求、購

（ ３ ）⑲夕べ

    3. ゆうべ [夕べ] 3 0 名 傍晚、昨晚、晚會

（ １ ）⑳～等

    1. ～ら [～等] 接尾 ～們、～等

    3. ～かた [～方] 接尾 ～方法

    4. ～たち [～達] 接尾 （前接名詞、代名詞，表複數）～們

（ ３ ）㉑老人

    3. ろうじん [老人] 0 名 老人

▶ (2) 次の言葉の正しい漢字を一つ選びなさい。

（ ３ ）①いさましい

    3. いさましい [勇ましい] 4 イ形 勇敢的、大膽的

（ ２ ）②えんかい

    2. えんかい [宴会] 0 名 宴會

（ ３ ）③かならずしも

    3. かならずしも [必ずしも] 4 副 （後接否定）未必～

（ ４ ）④くうそう

    2. くうちゅう [空中] 0 名 空中

    3. くうき [空気] 1 名 空氣、氣氛

    4. くうそう [空想] 0 名 空想、幻想

(4) ⑤こげる

    4. こげる [焦げる] 2 自動 燒焦

(4) ⑥じゅわき

    4. じゅわき [受話器] 2 名 話筒、聽筒

(2) ⑦せおう

    2. せおう [背負う] 2 他動 背、背負

(3) ⑧だいじょうぶ

    3. だいじょうぶ [大丈夫] 3 ナ形 不要緊、沒問題

                             3 副 沒錯、一定

(3) ⑨つかれる

    3. つかれる [疲れる] 3 自動 疲勞、疲乏、變舊

(2) ⑩とこや

    2. とこや [床屋] 0 名 理髮店的俗稱

(3) ⑪にぎる

    3. にぎる [握る] 0 他動 握、抓、掌握

(4) ⑫ねぼう

    4. ねぼう [寝坊] 0 名 ナ形 睡懶覺、賴床

(4) ⑬はたけ

    4. はたけ [畑] 0 名 田地、專業的領域

(2) ⑭ぶさた

    2. ぶさた [無沙汰] 0 名 ナ形 久疏問候、久違

（ 3 ）⑮ぼく

　　　　1. わたくし / わたし [私] 0 / 0 代 我

　　　　3. ぼく [僕] 1 代 （男子對同輩、晚輩的自稱）我

（ 2 ）⑯みなと

　　　　1. きし [岸] 2 名 岸、懸崖

　　　　2. みなと [港] 0 名 港口、出海口

　　　　4. はま [浜] 2 名 海濱、湖濱

（ 2 ）⑰めいじる

　　　　2. めいじる [命じる] 0 3 他動 命令、任命、命名

（ 3 ）⑱やくそくする

　　　　3. やくそくする [約束する] 0 他動 約定、命中注定

（ 1 ）⑲よめ

　　　　1. よめ [嫁] 0 名 媳婦、新娘

　　　　4. むすめ [娘] 3 名 女兒、未婚女性

（ 4 ）⑳りょうし

　　　　2. ぎょふ [漁夫] 1 名 漁夫、漁翁

　　　　4. りょうし [漁師] 1 名 漁夫

（ 4 ）㉑れつ

　　　　4. れつ [列] 1 名 行列、同伴、數列

（ 2 ）㉒わかす

　　　　2. わかす [沸かす] 0 他動 使～沸騰、讓～興奮、讓（金屬）
　　　熔解、讓～發酵

イ形容詞

◆あつかましい [厚かましい] 5 **イ形** 厚顏無恥的、厚臉皮的

◆あぶない [危ない] 0 3 **イ形** 危險的、不穩固的、靠不住的

◆あやうい [危うい] 0 3 **イ形** 危急的、危險的

◆あらい [荒い] 0 2 **イ形** 兇猛的、粗暴的

◆ありがたい [有（り）難い] 4 **イ形** 感謝的、感激的、難得的

◆あわただしい 5 **イ形** 慌忙的、不穩定的

◆うつくしい [美しい] 4 **イ形** 美的

◆うまい 2 **イ形** 好吃的、美味的

◆うらやましい [羨ましい] 5 **イ形** 羨慕的

◆おおきい [大きい] 3 **イ形** 大的、重大的、誇大的

◆おさない [幼い] 3 **イ形** 年幼的、幼小的、幼稚的

◆おしい [惜しい] 2 **イ形** 珍惜的、可惜的、捨不得的

◆おそい [遅い] 0 2 **イ形** 遲的、晚的、慢的

◆おとなしい 4 **イ形** 老實的、乖巧聽話的、不吵不鬧的、素雅的

◆おめでたい 4 0 **イ形** （「めでたい」的禮貌用法）可喜可賀的、憨厚老實的、過於天真樂觀的

◆おもい [重い] 0 **イ形** 重的、（頭）昏昏沉沉的、重要的、嚴重的

◆おもしろい 4 **イ形** 有趣的、可笑的

◆かしこい [賢い] 3 **イ形** 聰明的

◆かたい [堅い / 固い / 硬い] 0 2 **イ形** 硬的、堅固的、堅定的

◆かなしい [悲しい] 0 3 イ形 悲傷的

◆かゆい 2 イ形 癢的

◆かわいい [可愛い] 3 イ形 可愛的、討人喜歡的

◆きつい 0 2 イ形 緊的、窄的、嚴苛的、辛苦的、吃力的

◆くさい [臭い] 2 イ形 臭的、可疑的

◆くやしい [悔しい] 3 イ形 不甘心的

◆くるしい [苦しい] 3 イ形 痛苦的、為難的

◆くわしい [詳しい] 3 イ形 詳細的

◆けわしい [険しい] 3 イ形 危險的、險峻的

◆こい [濃い] 1 イ形 （飲料）濃的、烈的、（顏色）深的、濃密的

◆さわがしい [騒がしい] 4 イ形 喧嘩的、吵鬧的、騒動的

◆したしい [親しい] 3 イ形 親近的、熟悉的

◆ずうずうしい 5 イ形 厚顏無恥的

◆すくない [少ない] 3 イ形 少的

◆すっぱい 3 イ形 酸的

◆するどい [鋭い] 3 イ形 敏銳的、尖銳的、銳利的

◆すばらしい 4 イ形 出色的、極佳的、了不起的

◆ずるい [狡い] 2 イ形 狡猾的、奸詐的

◆そそっかしい 5 イ形 冒失的、粗心大意的、草率的

◆たのしい [楽しい] 3 イ形 愉快的、開心的

◆たのもしい [頼もしい] 4 イ形 可靠的、備受期待的、富裕的

◆だらしない 4 イ形 雜亂的、邋遢的

◆つめたい [冷たい] 0 3 イ形 冷淡的、無情的

◆つらい [辛い] 0 2 イ形 辛苦的、辛酸的、痛苦的、難過的

◆ながい [長い / 永い] 2 イ形 長久的、長的

◆にぶい [鈍い] 2 イ形 鈍的、遲鈍的、不強烈的、不清晰的、遲緩的

◆のろい [鈍い] 2 イ形 緩慢的、遲鈍的、磨蹭的

◆ばからしい [馬鹿らしい] 4 イ形 愚蠢的、無聊的、不值得的

◆はげしい [激しい] 3 イ形 激烈的、強烈的、厲害的

◆はずかしい [恥ずかしい] 4 イ形 害羞的、不好意思的

◆ひどい 2 イ形 殘酷的、過分的、激烈的、嚴重的

◆ひろい [広い] 2 イ形 廣闊的、寬敞的、廣泛的、寬宏的

◆ふかい [深い] 2 イ形 深的、重的、濃的

◆ふとい [太い] 2 イ形 粗的、膽子大的、無恥的

◆まずい 2 イ形 難吃的、拙劣的、不當的、難看的

◆まっしろい [真っ白い] 4 イ形 純白的、雪白的

◆まぶしい 3 イ形 炫目的、耀眼的

◆みっともない 5 イ形 不像樣的、丟臉的、難看的

◆みにくい [醜い] 3 イ形 難看的、醜陋的

◆むずかしい [難しい] ４０ イ形 困難的、難懂的、難解的、麻煩的

◆もったいない ５ イ形 可惜的、不適宜的、不敢當的

◆やかましい ４ イ形 吵鬧的、議論紛紛的、嚴格的、吹毛求疵的、麻煩的

◆ゆるい [緩い] ２ イ形 鬆弛的、緩和的、緩慢的、稀的、鬆散的

◆わかわかしい [若々しい] ５ イ形 朝氣蓬勃的、顯得年輕的、不成熟的

連 語

◆かもしれない 連語 也許

◆きにいる [気に入る] 連語 喜歡、滿意、看上

◆きをつける [気を付ける] 連語 注意、小心

◆くだらない 連語 無聊的、沒用的、無價值的

◆このあいだ [この間] 連語 上次、之前

◆このごろ [この頃] 連語 最近

◆しかたがない 連語 沒辦法

◆しょうがない / しようがない 連語 沒辦法

◆そういえば 連語 說起來

◆たまに 連語 偶爾、難得

◆たまらない 連語 受不了、～（得）不得了

◆ちがいない [違いない] 連語 一定

◆つまらない 連語 無聊的、倒霉的

◆できるだけ 連語 盡可能、盡量

⋯⋯⋯⋯⋯⋯⋯⋯⋯⋯⋯⋯⋯⋯⋯⋯⋯⋯⋯⋯⋯⋯⋯⋯⋯⋯⋯⋯⋯⋯⋯⋯⋯

◆もうすぐ 連語 即將

⋯⋯⋯⋯⋯⋯⋯⋯⋯⋯⋯⋯⋯⋯⋯⋯⋯⋯⋯⋯⋯⋯⋯⋯⋯⋯⋯⋯⋯⋯⋯⋯⋯

◆やくにたつ [役に立つ] 連語 有用、有效

◆やむをえない 連語 不得已、沒有辦法

考前衝刺

第四回

▶ 試題

▶ 解答

▶ 解析

▶ 考前4天
把這些重要的ナ形容詞都記起來吧！

試 題

(1) 次の言葉の正しい読み方を一つ選びなさい。

(　　) ①勢い

1. いきおい　2. いきあい　3. いきかい　4. いきよい

(　　) ②枝

1. えた　2. えだ　3. えき　4. えぎ

(　　) ③稼ぐ

1. かしぐ　2. かせぐ　3. かつぐ　4. かわぐ

(　　) ④区別

1. くへん　2. くべん　3. くへつ　4. くべつ

(　　) ⑤公害

1. こうがい　2. こうかい　3. ごうかい　4. ごうがい

(　　) ⑥辞書

1. してん　2. じてん　3. ししょ　4. じしょ

(　　) ⑦狭い

1. せわい　2. せもい　3. せかい　4. せまい

(　　) ⑧立場

1. たつば　2. たつじょう　3. たちじょう　4. たちば

(　　) ⑨机

1. つかさ　2. ついか　3. つつめ　4. つくえ

(　　)⑩遠い

    1. とうい　　2. とおい　　3. とかい　　4. とわい

(　　)⑪日記

    1. にき　　2. にっき　　3. にいき　　4. にしる

(　　)⑫年間

    1. ねんかく　　2. ねんがく　　3. ねんがん　　4. ねんかん

(　　)⑬歯磨き

    1. はみかき　　2. はみがき　　3. はみこき　　4. はみごき

(　　)⑭負担

    1. ふたん　　2. ふだん　　3. ふかつ　　4. ふがつ

(　　)⑮方面

    1. ほうづら　　2. ほうつら　　3. ほんめん　　4. ほうめん

(　　)⑯短い

    1. みぢかい　　2. みじかい　　3. みちかい　　4. みじがい

(　　)⑰目安

    1. めあん　　2. めあす　　3. めやす　　4. めやん

(　　)⑱役者

    1. やんしゃ　　2. やくしゃ　　3. やくちゃ　　4. やんちゃ

(　　)⑲陽気

    1. よんけ　　2. よんき　　3. ようけ　　4. ようき

(　　) ⑳離婚

1. りかん　2. りふん　3. りこん　4. りあん

(　　) ㉑歴史

1. れいし　2. れきし　3. れいす　4. れきす

(　　) ㉒和風

1. わふん　2. わかぜ　3. わふう　4. わほん

(2) 次の言葉の正しい漢字を一つ選びなさい。

(　　) ①あじ

1. 愛　2. 足　3. 味　4. 泡

(　　) ②うったえる

1. 移える　2. 訴える　3. 植える　4. 写える

(　　) ③おくれる

1. 惜れる　2. 遅れる　3. 教れる　4. 拝れる

(　　) ④きゃく

1. 席　2. 主　3. 客　4. 間

(　　) ⑤けいしき

1. 風式　2. 様式　3. 型式　4. 形式

(　　) ⑥さかん

1. 栄ん　2. 盛ん　3. 逆ん　4. 叫ん

(　　)⑦すくう

1. 透う　　　2. 清う　　　3. 救う　　　4. 好う

(　　)⑧そだてる

1. 養てる　　2. 育てる　　3. 教てる　　4. 営てる

(　　)⑨ちゅういする

1. 注意する　2. 注目する　3. 注文する　4. 注視する

(　　)⑩てほん

1. 手本　　　2. 手前　　　3. 手品　　　4. 手首

(　　)⑪なやむ

1. 慣む　　　2. 流む　　　3. 悩む　　　4. 鳴む

(　　)⑫ぬぐ

1. 湿ぐ　　　2. 濡ぐ　　　3. 脱ぐ　　　4. 塗ぐ

(　　)⑬のうりつ

1. 優率　　　2. 効率　　　3. 有率　　　4. 能率

(　　)⑭ひざし

1. 日刺し　　2. 陽挿し　　3. 日差し　　4. 陽入し

(　　)⑮べっそう

1. 別家　　　2. 別装　　　3. 別荘　　　4. 別屋

(　　)⑯まよう

1. 迷う　　　2. 悩う　　　3. 待う　　　4. 任う

（　　）⑰むしば

      1. 虫刃　　　　2. 蟲歯　　　　3. 蟲葉　　　　4. 虫歯

（　　）⑱もともと

      1. 前々　　　　2. 原々　　　　3. 元々　　　　4. 源々

（　　）⑲ゆげ

      1. 湯霧　　　　2. 湯熱　　　　3. 湯気　　　　4. 湯水

（　　）⑳らんよう

      1. 適用　　　　2. 準用　　　　3. 濫用　　　　4. 爛用

（　　）㉑るすばん

      1. 留守号　　　2. 留守家　　　3. 留守番　　　4. 留守班

（　　）㉒ろうか

      1. 歩廊　　　　2. 廊行　　　　3. 走廊　　　　4. 廊下

解答

(1) 次の言葉の正しい読み方を一つ選びなさい。

① 1	② 2	③ 2	④ 4	⑤ 1
⑥ 4	⑦ 4	⑧ 4	⑨ 4	⑩ 2
⑪ 2	⑫ 4	⑬ 2	⑭ 1	⑮ 4
⑯ 2	⑰ 3	⑱ 2	⑲ 4	⑳ 3
㉑ 2	㉒ 3			

(2) 次の言葉の正しい漢字を一つ選びなさい。

① 3	② 2	③ 2	④ 3	⑤ 4
⑥ 2	⑦ 3	⑧ 2	⑨ 1	⑩ 1
⑪ 3	⑫ 3	⑬ 4	⑭ 3	⑮ 3
⑯ 1	⑰ 4	⑱ 3	⑲ 3	⑳ 3
㉑ 3	㉒ 4			

▶（1）次の言葉の正しい読み方を一つ選びなさい。

（　1　）①勢い

　　　　1. いきおい [勢い] 3 名 力量、勢力、氣勢、形勢

　　　　　　　　　　　　3 副 勢必、當然

（　2　）②枝

　　　　2. えだ [枝] 0 名 樹枝、分岔

　　　　3. えき [駅] 1 名 車站

（　2　）③稼ぐ

　　　　2. かせぐ [稼ぐ] 2 他動 賺錢

　　　　3. かつぐ [担ぐ] 2 他動 扛、哄騙、推舉

（　4　）④区別

　　　　4. くべつ [区別] 1 名 區別、分辨

（　1　）⑤公害

　　　　1. こうがい [公害] 0 名 公害

　　　　2. こうかい [後悔] 1 名 後悔

（　4　）⑥辞書

　　　　1. してん [支店] 0 名 分店

　　　　2. じてん [辞典] 0 名 字典

　　　　4. じしょ [辞書] 1 名 辭典

（ 4 ）⑦狭い

    3. せかい [世界] 1 名 世界

    4. せまい [狭い] 2 イ形 窄的

（ 4 ）⑧立場

    4. たちば [立場] 1 3 名 立場

（ 4 ）⑨机

    2. ついか [追加] 0 名 追加

    4. つくえ [机] 0 名 書桌、辦公桌

（ 2 ）⑩遠い

    2. とおい [遠い] 0 イ形 遠的、久遠的、遙遠的

    3. とかい [都会] 0 名 都會、都市

（ 2 ）⑪日記

    2. にっき [日記] 0 名 日記

（ 4 ）⑫年間

    3. ねんがん [念願] 0 名 心願、願望

    4. ねんかん [年間] 0 名 年代、時期、一年

（ 2 ）⑬歯磨き

    2. はみがき [歯磨き] 2 名 刷牙、牙刷、牙膏

（ 1 ）⑭負担

    1. ふたん [負担] 0 名 承擔、負擔

    2. ふだん [普段] 1 名 平常、平日

（　4　）⑮方面

  4. ほうめん [方面] 3 名 地區、方向、領域

（　2　）⑯短い

  2. みじかい [短い] 3 イ形 簡短的、短暫的、短淺的

（　3　）⑰目安

  3. めやす [目安] 0 1 名 標準、目標、條文

（　2　）⑱役者

  2. やくしゃ [役者] 0 名 演員、有本事的人

（　4　）⑲陽気

  4. ようき [陽気] 0 名 天候、氣候、時節

        1 名 陽氣

        0 名 ナ形 活潑、開朗

（　3　）⑳離婚

  3. りこん [離婚] 0 名 離婚

（　2　）㉑歴史

  2. れきし [歴史] 0 名 歷史、來歷、史學

（　3　）㉒和風

  3. わふう [和風] 0 名 日式、溫暖的春風

▶ **（2）次の言葉の正しい漢字を一つ選びなさい。**

（ 3 ）①あじ

    1. あい [愛] 1 名 愛

    2. あし [足] 2 名 脚、腿、步行

    3. あじ [味] 0 名 味道、感觸、滋味

    4. あわ [泡] 2 名 氣泡、泡沫、口沫

（ 2 ）②うったえる

    2. うったえる [訴える] 4 3 他動 起訴、訴說

    3. うえる [植える] 0 他動 種（花、樹）、植（牙）、播種

（ 2 ）③おくれる

    2. おくれる [遅れる] 0 自動 遲到、落後、（錶）慢了

（ 3 ）④きゃく

    1. せき [席] 1 名 座位

    2. おも [主] 1 ナ形 主要、重要

    3. きゃく [客] 0 名 客人、顧客、客戶

    4. あいだ [間] 0 名 之間、間隔、關係、中間

（ 4 ）⑤けいしき

    2. ようしき [様式] 0 名 様式、形式、格式

    4. けいしき [形式] 0 名 形式

（ 2 ）⑥さかん

    2. さかん [盛ん] 0 ナ形 旺盛、熱烈、積極

（　3　）⑦すくう

    3. すくう [救う] 0 他動 救、拯救、獲救

（　2　）⑧そだてる

    2. そだてる [育てる] 3 他動 養育、培養

（　1　）⑨ちゅういする

    1. ちゅういする [注意する] 1 自動 注意、提醒

（　1　）⑩てほん

    1. てほん [手本] 2 名 範本、模範

    2. てまえ [手前] 0 名 眼前、本領

    3. てじな [手品] 1 名 （變）魔術、（耍）把戲

（　3　）⑪なやむ

    3. なやむ [悩む] 2 自動 煩惱、感到痛苦

（　3　）⑫ぬぐ

    3. ぬぐ [脱ぐ] 1 他動 脱掉

（　4　）⑬のうりつ

    2. こうりつ [効率] 0 名 效率

    4. のうりつ [能率] 0 名 效率、勞動生產率

（　3　）⑭ひざし

    3. ひざし [日差し / 陽射し] 0 名 陽光照射

（　3　）⑮べっそう

    3. べっそう [別荘] 3 名 別墅

（ 1 ）⑯まよう

　　　1. まよう [迷う] 2 自動 迷惑、迷失、迷戀、迷執

（ 4 ）⑰むしば

　　　4. むしば [虫歯] 0 名 蛀牙、齲齒

（ 3 ）⑱もともと

　　　3. もともと [元々] 0 名 ナ形 不賠不賺、同原來一樣

　　　　　　　　　　　　0 副 本來、原來

（ 3 ）⑲ゆげ

　　　3. ゆげ [湯気] 1 名 水蒸氣、熱氣

（ 3 ）⑳らんよう

　　　1. てきよう [適用] 0 名 適用

　　　3. らんよう [濫用] 0 名 濫用

（ 3 ）㉑るすばん

　　　3. るすばん [留守番] 0 名 看家、看家的人、守門人

（ 4 ）㉒ろうか

　　　4. ろうか [廊下] 0 名 走廊、沿著溪谷的山徑

◆あいまい 0 名 ナ形 曖昧、模稜兩可

◆あきらか [明らか] 2 ナ形 明顯、清楚

◆あたりまえ 0 名 ナ形 理所當然、應該

◆あんせい [安静] 0 名 ナ形 安靜、靜養、休養

◆いがい [意外] 0 1 名 ナ形 意外

◆おおざっぱ 3 ナ形 草率、大略

◆おしゃべり 2 名 ナ形 聊天、口風不緊、話多（的人）

◆おだやか [穏やか] 2 ナ形 沉著穩重、溫和、平靜

◆おも [主] 1 ナ形 主要、重要

◆かいてき [快適] 0 名 ナ形 暢快

◆かくじつ [確実] 0 名 ナ形 確實

◆からっぽ [空っぽ] 0 名 ナ形 空

◆かわいそう [可哀相 / 可哀想] 4 ナ形 可憐

◆きちょう [貴重] 0 名 ナ形 貴重、珍貴

◆きのどく [気の毒] 3 4 名 ナ形 可憐、可惜、（對他人）過意不去

◆きみょう [奇妙] 1 ナ形 奇妙、不可思議

◆きよう [器用] 1 名 ナ形 靈巧

◆きらく [気楽] 0 ナ形 輕鬆、自在、安逸

◆けんきょ [謙虚] 1 ナ形 謙虛

◆げんじゅう [厳重] 0 ナ形 嚴重、嚴格

◆けんめい [懸命] 0 ナ形 拚命

◆ごういん [強引] 0 名 ナ形 強行

◆さかさま [逆様] 0 名 ナ形 反向、顛倒

◆さわやか [爽やか] 2 ナ形 清爽、爽朗

◆しあわせ [幸せ] 0 名 ナ形 幸福

◆しずか [静か] 1 ナ形 安靜、平靜、文靜

◆じぶんかって [自分勝手] 4 名 ナ形 任性、白私

◆じみ [地味] 2 名 ナ形 樸素、不起眼

◆じゃけん [邪険] 1 名 ナ形 無情、狠毒

◆じゅうだい [重大] 0 ナ形 重大

◆じょうず [上手] 3 名 ナ形 擅長、高明

◆しんけん [真剣] 0 名 ナ形 認真

◆しんせつ [親切] 1 名 ナ形 親切

◆しんちょう [慎重] 0 名 ナ形 慎重、謹慎

◆せいかく [正確] 0 名 ナ形 正確、準確

◆そっちょく [率直] 0 名 ナ形 坦率、爽快

◆たいくつ [退屈] 0 名 ナ形 無聊、厭倦

◆だいじ [大事] 0 3 ナ形 重要、關鍵、愛惜、保重

◆たいせつ [大切] 0 ナ形 重要、珍貴、珍惜、小心、情況緊急

◆たいら [平ら] 0 名 ナ形 平地、隨意坐、穩重

◆だとう [妥当] 0 名 ナ形 妥當、妥善、適合

◆てきせつ [適切] 0 名 ナ形 適當

◆とうめい [透明] 0 名 ナ形 透明、清澈

◆とくい [得意] 2 0 名 ナ形 得意、擅長、老主顧

◆とくしゅ [特殊] 0 名 ナ形 特殊

....

◆なだらか 2 ナ形 （坡度）平緩、平穩、順利

◆なまいき [生意気] 0 名 ナ形 傲慢、狂妄

◆にがて [苦手] 0 3 名 ナ形 棘手（的人、事）、不擅長

◆にぎやか [賑やか] 2 ナ形 熱鬧、繁盛、華麗

◆のんき [呑気] 1 名 ナ形 悠閒自在、不慌不忙、不拘小節、漫不經心

....

◆はで [派手] 2 名 ナ形 鮮豔、華麗、闊綽

◆ひま [暇] 0 名 ナ形 閒工夫、餘暇、休假

◆びみょう [微妙] 0 名 ナ形 微妙

◆ふあん [不安] 0 名 ナ形 不安、擔心

◆ふくざつ [複雑] 0 名 ナ形 複雜

◆ぶじ [無事] 0 名 ナ形 平安無事、健康、圓滿

◆ふへい [不平] 0 名 ナ形 牢騷、不滿意

◆ふべん [不便] 1 名 ナ形 不方便

◆へいぼん [平凡] 0 名 ナ形 平凡、平庸

◆べつべつ [別々] 0 名 ナ形 分別、各自

◆ほがらか [朗らか] 2 ナ形 開朗、爽快

◆ほんとう [本当] 0 名 ナ形 真實、真正、正常、確實

◆まじめ [真面目] 0 名 ナ形 認真、實在、有誠意

◆まっさお [真っ青] 3 名 ナ形 湛藍、（臉色）鐵青

◆まっさき [真っ先] 3 4 名 ナ形 最初、首先

◆まっしろ [真っ白] 3 名 ナ形 純白、雪白

◆まんぞく [満足] 1 名 ナ形 滿足、完全

◆みごと [見事] 1 ナ形 副 漂亮、好看、精采、出色、完全

◆めいかく [明確] 0 名 ナ形 明確

◆めった [滅多] 1 ナ形 任意、胡亂

◆めんどう [面倒] 3 名 ナ形 麻煩、費事、照料

◆ゆうこう [有効] 0 名 ナ形 有效

◆ゆうめい [有名] 0 名 ナ形 有名、知名

◆ゆかい [愉快] 1 名 ナ形 愉快

◆ようち [幼稚] 0 名 ナ形 幼稚、不成熟、單純

◆よくばり [欲張り] 3 4 名 ナ形 貪婪

◆りっぱ [立派] ⓪ ナ形 卓越、堂堂正正、充分、宏偉、偉大

◆れいせい [冷静] ⓪ 名 ナ形 冷靜、沉著

....

◆わがまま ③ ④ 名 ナ形 任性、恣意

◆わずか ① 名 ナ形 僅僅、稍微、一點點

考前衝刺

第五回

▶ （1）次の言葉の正しい読み方を一つ選びなさい。

（　　　）①育児

    1. いくし　　　2. いくじ　　　3. いくこ　　　4. いくご

（　　　）②選ぶ

    1. えんぶ　　　2. えらぶ　　　3. えさぶ　　　4. えかぶ

（　　　）③家族

    1. かそく　　　2. かぞく　　　3. かつぐ　　　4. かずく

（　　　）④狂う

    1. くらう　　　2. くるう　　　3. くまう　　　4. くすう

（　　　）⑤合計

    1. ごうけい　　2. ごうげい　　3. ごうさん　　4. ごうどう

（　　　）⑥失恋

    1. しつこい　　2. しつあい　　3. しつれん　　4. しつりん

（　　　）⑦世話する

    1. せいする　　2. せもする　　3. せわする　　4. せはする

（　　　）⑧達する

    1. たいする　　2. たつする　　3. たっする　　4. たんする

（　　　）⑨包む

    1. つまむ　　　2. つかむ　　　3. つくむ　　　4. つつむ

(　　) ⑩時計

　　　　1. とけい　　　2. とかい　　　3. とりい　　　4. とまい

(　　) ⑪日程

　　　　1. にてい　　　2. にってい　　3. にほど　　　4. にてん

(　　) ⑫熱する

　　　　1. ねっする　　2. ねつする　　3. ねんする　　4. ねまする

(　　) ⑬針金

　　　　1. はりきん　　2. はりぎん　　3. はりかね　　4. はりがね

(　　) ⑭再び

　　　　1. ふたふび　　2. ふたたび　　3. ふまたび　　4. ふたらび

(　　) ⑮本物

　　　　1. ほんぶつ　　2. ほんもつ　　3. ほんもの　　4. ほんもん

(　　) ⑯水着

　　　　1. みすき　　　2. みずき　　　3. みずぎ　　　4. みすちゃく

(　　) ⑰珍しい

　　　　1. めじらしい　　　　　　2. めがらしい
　　　　3. めずらしい　　　　　　4. めぐらしい

(　　) ⑱矢印

　　　　1. やいん　　　2. やしるし　　3. やじるし　　4. やこく

(　　) ⑲様子

　　　　1. ようこ　　　2. ようす　　　3. よんこ　　　4. よんす

（　　）⑳流行

    1. りょうこう   2. りゃうこう

    3. りゅうこう   4. りうこう

（　　）㉑列車

    1. れっちょ   2. れっしょ   3. れっちゃ   4. れっしゃ

（　　）㉒悪い

    1. わるい   2. わらい   3. わろい   4. わかい

▶（2）次の言葉の正しい漢字を一つ選びなさい。

（　　）①あかい

    1. 青い   2. 甘い   3. 厚い   4. 赤い

（　　）②うめ

    1. 歌   2. 裏   3. 海   4. 梅

（　　）③おたく

    1. お邸   2. お家   3. お宅   4. お内

（　　）④きみ

    1. 君   2. 僕   3. 私   4. 方

（　　）⑤けいと

    1. 毛線   2. 毛材   3. 毛糸   4. 毛料

（　　）⑥さいふ

    1. 銭布   2. 銭包   3. 財布   4. 財包

（　　）⑦すごす

    1. 過ごす　　　2. 刷ごす　　　3. 済ごす　　　4. 住ごす

（　　）⑧そこ

    1. 谷　　　　　2. 下　　　　　3. 底　　　　　4. 穴

（　　）⑨ちぢむ

    1. 狭む　　　　2. 減む　　　　3. 縮む　　　　4. 凹む

（　　）⑩ていねい

    1. 礼寧　　　　2. 礼貌　　　　3. 丁寧　　　　4. 丁貌

（　　）⑪なかば

    1. 中ば　　　　2. 半ば　　　　3. 途ば　　　　4. 仲ば

（　　）⑫ぬう

    1. 穿う　　　　2. 縫う　　　　3. 織う　　　　4. 紡う

（　　）⑬のち

    1. 後　　　　　2. 先　　　　　3. 前　　　　　4. 横

（　　）⑭ひがし

    1. 東　　　　　2. 西　　　　　3. 南　　　　　4. 北

（　　）⑮へん

    1. 便　　　　　2. 弁　　　　　3. 化　　　　　4. 変

（　　）⑯まんいん

    1. 客満　　　　2. 満員　　　　3. 万員　　　　4. 満人

（　　）⑰むちゅう

      1. 夢情   2. 夢中   3. 熱中   4. 熱情

（　　）⑱ものおき

      1. 物置   2. 物場   3. 物室   4. 物蔵

（　　）⑲ゆうはん

      1. 夕事   2. 夕食   3. 夕飯   4. 夕飲

（　　）⑳らくだい

      1. 落第   2. 落留   3. 落榜   4. 落級

（　　）㉑ろんそう

      1. 争論   2. 論争   3. 闘論   4. 論闘

解 答

▶ **(1) 次の言葉の正しい読み方を一つ選びなさい。**

① 2	② 2	③ 2	④ 2	⑤ 1
⑥ 3	⑦ 3	⑧ 3	⑨ 4	⑩ 1
⑪ 2	⑫ 1	⑬ 4	⑭ 2	⑮ 3
⑯ 3	⑰ 3	⑱ 3	⑲ 2	⑳ 3
㉑ 4	㉒ 1			

▶ **(2) 次の言葉の正しい漢字を一つ選びなさい。**

① 4	② 4	③ 3	④ 1	⑤ 3
⑥ 3	⑦ 1	⑧ 3	⑨ 3	⑩ 3
⑪ 2	⑫ 2	⑬ 1	⑭ 1	⑮ 4
⑯ 2	⑰ 2	⑱ 1	⑲ 3	⑳ 1
㉑ 2				

解析

■（1）次の言葉の正しい読み方を一つ選びなさい。

（ 2 ）①育児

　　　2. いくじ [育児] 1 名 育兒

（ 2 ）②選ぶ

　　　2. えらぶ [選ぶ] 2 他動 選擇

（ 2 ）③家族

　　　1. かそく [加速] 0 名 加速

　　　2. かぞく [家族] 1 名 家族、家人

　　　3. かつぐ [担ぐ] 2 他動 扛、哄騙、推舉

（ 2 ）④狂う

　　　2. くるう [狂う] 2 自動 發瘋、失常、不準確、打亂了

（ 1 ）⑤合計

　　　1. ごうけい [合計] 0 名 合計

　　　4. ごうどう [合同] 0 名 聯合、合併

（ 3 ）⑥失恋

　　　1. しつこい 3 イ形 執著的、濃厚的、膩的

　　　3. しつれん [失恋] 0 名 失戀

（ 3 ）⑦世話する

　　　3. せわする [世話する] 2 他動 關照、照料

（ 3 ）⑧達する

    3. たっする [達する] 0 3 自他動 到達、傳達、接近、達成

（ 4 ）⑨包む

    1. つまむ [摘む] 0 他動 夾住、摘要

    2. つかむ [掴む] 2 他動 抓住

    4. つつむ [包む] 2 他動 包、包圍、包含、隱藏

（ 1 ）⑩時計

    1. とけい [時計] 0 名 鐘錶

    2. とかい [都会] 0 名 都會、都市

    3. とりい [鳥居] 0 名 日本神社參拜步道入口前的大門

（ 2 ）⑪日程

    2. にってい [日程] 0 名 每天的計畫

（ 1 ）⑫熱する

    1. ねっする [熱する] 0 3 自他動 發熱、加熱、熱衷

（ 4 ）⑬針金

    4. はりがね [針金] 0 名 鐵絲、銅絲、鋼絲

（ 2 ）⑭再び

    2. ふたたび [再び] 0 名 再、又、重

（ 3 ）⑮本物

    3. ほんもの [本物] 0 名 真貨、正規、真的

（ 3 ）⑯水着

    3. みずぎ [水着] 0 名 泳裝

（ 3 ）⑰珍しい

　　　3. めずらしい [珍しい] 4 イ形 珍貴的、稀有的、罕見的、新奇的

（ 3 ）⑱矢印

　　　3. やじるし [矢印] 2 名 箭號

（ 2 ）⑲様子

　　　2. ようす [様子] 0 名 情況、狀態、姿態、表情、跡象、緣由

（ 3 ）⑳流行

　　　3. りゅうこう [流行] 0 名 流行

（ 4 ）㉑列車

　　　4. れっしゃ [列車] 0 1 名 列車

（ 1 ）㉒悪い

　　　1. わるい [悪い] 2 イ形 不好的、醜的、劣等的、錯誤的、惡劣
　　　　的、抱歉的
　　　2. わらい [笑い] 0 名 笑、笑聲
　　　4. わかい [若い] 2 イ形 年輕的、不成熟的、有活力的

▶（2）次の言葉の正しい漢字を一つ選びなさい。

（ 4 ）①あかい

　　　1. あおい [青い] 2 イ形 藍色的、蒼白的
　　　2. あまい [甘い] 0 イ形 甜的、甜蜜的、不嚴格的
　　　3. あつい [厚い] 0 イ形 厚的、深厚的
　　　4. あかい [赤い] 0 イ形 紅色的

（　4　）②うめ

    1. うた [歌] 2 名 歌

    2. うら [裏] 2 名 裡面、背面、後面、背後

    3. うみ [海] 1 名 海

    4. うめ [梅] 0 名 梅子

（　3　）③おたく

    3. おたく [お宅] 0 名 府上

（　1　）④きみ

    1. きみ [君] 0 代 （男性對同輩或晚輩的用語）你

    2. ぼく [僕] 1 代 （男子對同輩、晚輩的自稱）我

    3. わたくし / わたし [私] 0 / 0 代 我

    4. かた [方] 2 名 方法、方面、方、（對人的尊稱）位

    4. ～かた [方] 接尾 方法

（　3　）⑤けいと

    3. けいと [毛糸] 0 名 毛線

（　3　）⑥さいふ

    3. さいふ [財布] 0 名 錢包

（　1　）⑦すごす

    1. すごす [過ごす] 2 他動 度過、超過

（　3　）⑧そこ

    1. たに [谷] 2 名 （山）谷、溪谷

    2. した [下] 0 名 下、下面

3. そこ [底] 0 名 底部

4. あな [穴] 2 名 洞、穴、（金錢上的）虧空、空缺

（ 3 ）⑨ちぢむ

3. ちぢむ [縮む] 0 自動 縮短、收縮

（ 3 ）⑩ていねい

3. ていねい [丁寧] 1 名 ナ形 禮貌

（ 2 ）⑪なかば

2. なかば [半ば] 3 2 名 中央、中途、中間、一半

3 2 副 一半、幾乎

（ 2 ）⑫ぬう

2. ぬう [縫う] 1 他動 縫紉、縫合、穿過

（ 1 ）⑬のち

1. のち [後] 2 0 名 之後、未來、死後

2. さき [先] 0 名 先、前端、早、將來、後面、（前往的）地點

3. まえ [前] 1 名 前方、前面、前端、之前、前科

4. よこ [横] 0 名 横、側、旁、局外、歪斜

（ 1 ）⑭ひがし

1. ひがし [東] 0 3 名 東、東方

2. にし [西] 0 名 西、西方、西方極樂世界

3. みなみ [南] 0 名 南、南方

4. きた [北] 0 2 名 北、北方、北風

（　4　）⑮へん

      1. びん [便] 1 名 郵寄、班（車、船、機）

      3. ～か [～化] 接尾 （變化、影響）～化

      4. へん [変] 1 名 變化、（意外的）事件、事變

               1 ナ形 奇怪、異常

（　2　）⑯まんいん

      2. まんいん [満員] 0 名 客滿

（　2　）⑰むちゅう

      2. むちゅう [夢中] 0 名 ナ形 夢裡、熱衷、忘我

      3. ねっちゅう [熱中] 0 名 熱衷、入迷

（　1　）⑱ものおき

      1. ものおき [物置] 3 4 名 儲藏室

（　3　）⑲ゆうはん

      3. ゆうはん [夕飯] 0 名 晚餐

（　1　）⑳らくだい

      1. らくだい [落第] 0 名 落榜、留級、沒有達到水準

（　2　）㉑ろんそう

      2. ろんそう [論争] 0 名 爭論

◆アイデア / アイディア １３ / １３ 名 構想、點子、創意、想法

◆アクセサリー １３ 名 首飾、裝飾品、配件

◆アクセント １ 名 重音、語調、重點

◆アナウンサー ３ 名 主播、播音員

◆インタビュー １３ 名 採訪、訪問、專訪

◆ウエートレス / ウエイトレス ２ / ２ 名 女服務生

◆エンジン １ 名 引擎

◆オイル １ 名 油、石油

◆オートバイ ３ 名 機車

◆オーバー １ 名 ナ形 超過、過度、誇張

◆オフィス １ 名 辦公室

◆カバー １ 名 封面、掩護

◆カロリー １ 名 卡路里、熱量

◆キャプテン １ 名 隊長、船長、艦長、機長

◆キャンパス １ 名 校園

◆キャンプ １ 名 露營

◆クラシック ３２ 名 ナ形 古典

◆グラフ １ 名 圖表

◆グループ ２ 名 團體

◆コーチ １ 名 教練

◆コート １ 名 外套、（網球、排球、籃球等）球場

◆コック 1 名 廚師

◆コミュニケーション 4 名 溝通

◆コレクション 2 名 收藏（品）、服裝發表會

◆コンクール 3 名 比賽

◆コンサート 1 3 名 音樂會、演奏會、演唱會

. . . .

◆サービス 1 名 服務、廉價出售

◆サラリーマン 3 名 上班族

◆サンプル 1 名 樣品、樣本、標本

◆シーズン 1 名 季節、旺季

◆シーツ 1 名 床罩、被單

◆シャッター 1 名 快門、百葉窗

◆スカーフ 2 名 圍巾、頭巾、披巾

◆スケート 0 2 名 溜冰鞋、溜冰

◆スケジュール 2 3 名 行程（表）

◆スタイル 2 名 風格

◆ストッキング 2 名 絲襪、（過膝的）長筒襪

◆ストップ 2 名 停止、停靠站

◆スピード 0 名 速度

◆スポーツ 2 名 運動、體育

◆スマート 2 ナ形 苗條

◆セット 1 名 組合、一套、佈景

◆タイプ 1 名 類型、款式、（「タイプライター」的簡稱）打字機、打字

◆ダイヤ 1 名 （「ダイヤモンド」的簡稱）鑽石、（「ダイヤグラム」的簡稱）路線圖或列車時刻表、（撲克牌）方塊、棒球內野

◆ダンス 1 名 舞蹈

◆チーム 1 名 團隊、團體

◆チップ 1 名 小費

◆チャンス 1 名 機會、時機

◆テキスト 1 2 名 教科書

◆トップ 1 名 首位、第一名、頂峰、頂尖、頭條（新聞）、首腦

◆ドライブ 2 名 兜風

◆トラック 2 名 卡車、貨車

◆ドラマ 1 名 電視連續劇

◆トレーニング 2 名 訓練、練習

◆トンネル 0 名 隧道

◆ナンバー 1 名 數字、號碼牌、牌照、期、曲目

◆パーセント 3 名 百分率

◆パイプ 0 名 管、管道、菸斗、管樂器、聯絡（人）

◆ハンサム 1 ナ形 英俊瀟灑、帥

◆ハンドバッグ 4 名 手提包

◆ハンドル 0 名 方向盤、車手把、把手、柄

◆ビール 1 名 啤酒

◆ビタミン 2 名 維生素、維他命

◆ビル 1 名 （「ビルディング」的簡稱）大樓、高樓、大廈、帳單

◆ブラウス 2 名 襯衫、罩衫

◆プラットホーム 5 名 月台、（電腦）平台

◆プリント 0 名 印刷、印刷品、印花、油印

◆ベテラン 0 名 老手、熟練者

◆ベンチ 1 名 長凳、長椅

◆ボタン 0 名 鈕扣、扣子、按鈕

．．

◆マンション 1 名 大廈

◆メニュー 1 名 菜單、選單

◆メモ 1 名 筆記

．．

◆ユーモア 1 0 名 幽默

．．

◆ラッシュアワー 4 名 尖峰時段

◆レクリエーション 4 名 娛樂、消遣、休養

◆レジャー 1 名 閒暇、悠閒、娛樂、休閒

◆レベル 1 名 水準、程度、水平線、水平儀

◆レンズ 1 名 鏡片、鏡頭、水晶體、透鏡

◆ロッカー 1 名 鎖櫃、（投幣式）置物櫃

考前衝刺
第六回

試 題

▶（1）次の言葉の正しい読み方を一つ選びなさい。

（　　）①糸

      1. いつ   2. いし   3. いと   4. いこ

（　　）②駅

      1. えし   2. えき   3. えい   4. えん

（　　）③彼女

      1. かわじょ   2. かなじょ   3. かれじょ   4. かのじょ

（　　）④唇

      1. くちひる   2. くちびる   3. くるひち   4. くるまる

（　　）⑤恋しい

      1. こみしい   2. こあしい   3. こいしい   4. こわしい

（　　）⑥心配

      1. しんはい   2. しんぱい   3. しんぺい   4. しんへい

（　　）⑦戦争

      1. せいそう   2. せんとう   3. せんこう   4. せんそう

（　　）⑧多少

      1. たしょう   2. たじょう   3. たすう   4. たずう

（　　）⑨都合

      1. つあい   2. つごう   3. つこう   4. つあみ

（　　　）⑩特に

　　　1. とくに　　　2. ときに　　　3. といに　　　4. としに

（　　　）⑪兄さん

　　　1. にいさん　　2. にきさん　　3. にんさん　　4. にくさん

（　　　）⑫願う

　　　1. ねがう　　　2. ねかう　　　3. ねもう　　　4. ねこう

（　　　）⑬省く

　　　1. はもく　　　2. はあく　　　3. はふく　　　4. はぶく

（　　　）⑭塞がる

　　　1. ふらがる　　2. ふまがる　　3. ふさがる　　4. ふかがる

（　　　）⑮誇り

　　　1. ほこり　　　2. ほきり　　　3. ほしり　　　4. ほいり

（　　　）⑯道順

　　　1. みちじゅん　2. みちすん　　3. みちじゃん　4. みちかん

（　　　）⑰飯

　　　1. めん　　　　2. めし　　　　3. めす　　　　4. めい

（　　　）⑱雇う

　　　1. やわう　　　2. やとう　　　3. やおう　　　4. やろう

（　　　）⑲横切る

　　　1. よこきる　　2. よこぎる　　3. よわきる　　4. よわぎる

（　　）⑳両方
　　　　1. りうほう　　2. りゅうほう　　3. りゃうほう　　4. りょうほう

（　　）㉑冷凍
　　　　1. れいとん　　2. れいぞう　　3. れいとう　　4. れいそん

（　　）㉒割引
　　　　1. わりひき　　2. わりびき　　3. わるひき　　4. わるびき

■（2）次の言葉の正しい漢字を一つ選びなさい。

（　　）①あわれ
　　　　1. 悲れ　　　2. 泡れ　　　3. 哀れ　　　4. 安れ

（　　）②うらなう
　　　　1. 占う　　　2. 打う　　　3. 売う　　　4. 羨う

（　　）③おじょうさん
　　　　1. お父さん　　2. お嬢さん　　3. お母さん　　4. お坊さん

（　　）④ぎもん
　　　　1. 意見　　　2. 疑問　　　3. 質問　　　4. 提問

（　　）⑤けしゴム
　　　　1. 去しゴム　　2. 擦しゴム　　3. 消しゴム　　4. 捨しゴム

（　　）⑥さいさん
　　　　1. 先三　　　2. 再三　　　3. 最三　　　4. 更三

（　　　）⑦すいどう

    1. 水道　　　　2. 水管　　　　3. 水滴　　　　4. 水平

（　　　）⑧そうしき

    1. 和式　　　　2. 葬式　　　　3. 婚式　　　　4. 欧式

（　　　）⑨ちゅうしょく

    1. 午食　　　　2. 午餐　　　　3. 昼飲　　　　4. 昼食

（　　　）⑩でんきゅう

    1. 電光　　　　2. 電泡　　　　3. 電灯　　　　4. 電球

（　　　）⑪なつかしい

    1. 慣かしい　　2. 想かしい　　3. 馴かしい　　4. 懐かしい

（　　　）⑫ぬける

    1. 抹ける　　　2. 抜ける　　　3. 引ける　　　4. 脱ける

（　　　）⑬のり

    1. 糧　　　　　2. 粉　　　　　3. 糊　　　　　4. 粒

（　　　）⑭ひろめる

    1. 拡める　　　2. 大める　　　3. 広める　　　4. 増める

（　　　）⑮へいわ

    1. 平日　　　　2. 平成　　　　3. 平気　　　　4. 平和

（　　　）⑯まなぶ

    1. 習ぶ　　　　2. 学ぶ　　　　3. 勉ぶ　　　　4. 究ぶ

(　　) ⑰むだ

    1. 浪駄　　　　2. 無用　　　　3. 徒労　　　　4. 無駄

(　　) ⑱もうふ

    1. 毛布　　　　2. 毛服　　　　3. 毛衣　　　　4. 毛料

(　　) ⑲ゆくえ

    1. 行落　　　　2. 行方　　　　3. 行途　　　　4. 行先

(　　) ⑳らいひん

    1. 来ひん　　　2. 客ひん　　　3. 賓ひん　　　4. 席ひん

(　　) ㉑ろうご

    1. 老時　　　　2. 老晩　　　　3. 老後　　　　4. 老期

解答

▶ **（1）次の言葉の正しい読み方を一つ選びなさい。**

① 3　　② 2　　③ 4　　④ 2　　⑤ 3

⑥ 2　　⑦ 4　　⑧ 1　　⑨ 2　　⑩ 1

⑪ 1　　⑫ 1　　⑬ 4　　⑭ 3　　⑮ 1

⑯ 1　　⑰ 2　　⑱ 2　　⑲ 2　　⑳ 4

㉑ 3　　㉒ 2

▶ **（2）次の言葉の正しい漢字を一つ選びなさい。**

① 3　　② 1　　③ 2　　④ 2　　⑤ 3

⑥ 2　　⑦ 1　　⑧ 2　　⑨ 4　　⑩ 4

⑪ 4　　⑫ 2　　⑬ 3　　⑭ 3　　⑮ 4

⑯ 2　　⑰ 4　　⑱ 1　　⑲ 2　　⑳ 1

㉑ 3

▌(1) 次の言葉の正しい読み方を一つ選びなさい。

(3) ①糸

    1. いつ [何時] 1 代 何時、平時、通常

    2. いし [石] 2 名 石頭

    3. いと [糸] 1 名 線、絲、弦、線索

(2) ②駅

    2. えき [駅] 1 名 車站

    4. えん [円] 1 名 圓、圓形、圓周、日圓

(4) ③彼女

    4. かのじょ [彼女] 1 代 她

               1 名 女朋友

(2) ④唇

    2. くちびる [唇] 0 名 唇

(3) ⑤恋しい

    3. こいしい [恋しい] 3 イ形 眷戀的、愛慕的、懷念的

(2) ⑥心配

    2. しんぱい [心配] 0 名 ナ形 擔心

(4) ⑦戦争

    1. せいそう [清掃] 0 名 清掃

2. せんとう [先頭] 0 名 最前面

4. せんそう [戦争] 0 名 戦爭

（ 1 ）⑧多少

1. たしょう [多少] 0 名 多少

0 副 稍微、一些

（ 2 ）⑨都合

2. つごう [都合] 0 名 方便、緣故、安排

（ 1 ）⑩特に

1. とくに [特に] 1 副 特別、尤其

（ 1 ）⑪兄さん

1. にいさん [兄さん] 1 名 「哥哥」親暱的尊敬語、對年輕男性的親切稱呼

（ 1 ）⑫願う

1. ねがう [願う] 2 他動 請求、願望、祈禱

（ 4 ）⑬省く

4. はぶく [省く] 2 他動 除去、節省、省略

（ 3 ）⑭塞がる

3. ふさがる [塞がる] 0 自動 關、塞、占用

（ 1 ）⑮誇り

1. ほこり [誇り] 0 名 驕傲、自尊心、榮譽

（ 1 ）⑯道順

　　　　1. みちじゅん [道順] 0 名 順道

（ 2 ）⑰飯

　　　　1. めん [面] 1 0 名 臉、顔面、面具、平面、方面、表面、
　　　　版面

　　　　2. めし [飯] 2 名 米飯、三餐

　　　　4. めい [姪] 1 名 姪女、外甥女

（ 2 ）⑱雇う

　　　　2. やとう [雇う] 2 他動 僱用、利用

（ 2 ）⑲横切る

　　　　2. よこぎる [横切る] 3 他動 横越

（ 4 ）⑳両方

　　　　4. りょうほう [両方] 3 0 名 雙方、兩方、兩邊、兩側

（ 3 ）㉑冷凍

　　　　3. れいとう [冷凍] 0 名 冷凍

（ 2 ）㉒割引

　　　　2. わりびき [割引] 0 名 折扣

▶（2）次の言葉の正しい漢字を一つ選びなさい。

（ 3 ）①あわれ

　　　　3. あわれ [哀れ] 1 名 ナ形 憐憫、哀愁、可憐、凄惨

（　１　）②うらなう

　　　　1. うらなう [占う] 3 他動 占卜、算命

（　２　）③おじょうさん

　　　　1. おとうさん [お父さん] 2 名 爸爸、父親、（尊稱）令尊

　　　　2. おじょうさん [お嬢さん] 2 名 令嬡、小姐

　　　　3. おかあさん [お母さん] 2 名 媽媽、母親、（尊稱）令堂

（　２　）④ぎもん

　　　　1. いけん [意見] 1 名 意見

　　　　2. ぎもん [疑問] 0 名 疑問

　　　　3. しつもん [質問] 0 名 問題

（　３　）⑤けしゴム

　　　　3. けしゴム [消しゴム] 0 名 橡皮擦

（　２　）⑥さいさん

　　　　2. さいさん [再三] 0 副 再三

（　１　）⑦すいどう

　　　　1. すいどう [水道] 0 名 自來水（管）

　　　　3. すいてき [水滴] 0 名 水滴

　　　　4. すいへい [水平] 0 名 水平

（　２　）⑧そうしき

　　　　2. そうしき [葬式] 0 名 喪禮

（ 4 ）⑨ちゅうしょく

    4. ちゅうしょく [昼食] 0 名 午餐

（ 4 ）⑩でんきゅう

    4. でんきゅう [電球] 0 名 電燈泡

（ 4 ）⑪なつかしい

    4. なつかしい [懐かしい] 4 イ形 懐念的、眷戀的

（ 2 ）⑫ぬける

    2. ぬける [抜ける] 0 自動 脫落、漏掉、退出

（ 3 ）⑬のり

    2. こな / こ [粉] 2 / 1 名 粉末、粉、麵粉

    3. のり [糊] 2 名 漿糊、膠水

    4. つぶ [粒] 1 名 顆粒

（ 3 ）⑭ひろめる

    3. ひろめる [広める] 3 他動 擴大、普及、宣揚

（ 4 ）⑮へいわ

    1. へいじつ [平日] 0 名 平常、平日

    3. へいき [平気] 0 名 ナ形 冷靜、鎮靜、不在乎、不要緊

    4. へいわ [平和] 0 名 ナ形 和平、平安

（ 2 ）⑯まなぶ

    2. まなぶ [学ぶ] 0 2 他動 學習、體驗

（ 4 ）⑰むだ

    4. むだ [無駄] 0 名 ナ形 徒勞、無用、浪費

（ 1 ）⑱もうふ

    1. もうふ [毛布] 1 名 毛毯

（ 2 ）⑲ゆくえ

    2. ゆくえ [行方] 0 名 行蹤、下落、前途

（ 1 ）⑳らいひん

    1. らいひん [来ひん] 0 名 來賓

（ 3 ）㉑ろうご

    3. ろうご [老後] 0 名 晚年

◆あらためて [改めて] 3 副 改天、重新

◆あれこれ 2 副 各種、種種

◆いきいき [生き生き] 3 副 生動、有活力

◆いきなり 0 副 突然

◆いくぶん [幾分] 0 副 少許、一些

◆いずれ 0 副 反正、遲早、不久

◆いちいち 2 名副 一一、逐一

◆いちばん [一番] 0 2 副 最～、首先～

◆いつか [何時か] 1 副 總有一天、（好像）曾經

◆いっせいに [一斉に] 0 副 一齊

◆いっぱんに [一般に] 0 副 一般而言

◆いつも 1 名副 平時、總是

◆いまに [今に] 1 副 遲早、至今仍

◆いまにも [今にも] 1 副 不久～、快要～

◆いよいよ 2 副 終於、越來越～、果真

◆いらいら 1 副 焦躁、焦慮、著急

◆いろいろ [色々] 0 副 各式各樣、種種

◆いわば [言わば] 1 2 副 舉例來說、說起

◆うっかり 3 副 恍神、不留神、心不在焉

◆うろうろ 1 副 徘徊、走來走去

◆おおよそ [大凡] 0 副 大約、差不多

◆おそらく 2 副 恐怕、或許

◆おもいきり [思い切り] 0 副 盡量地、充分地

◆およそ 0 副 凡是、完全（沒）〜

◆かえって [却って] 1 副 反倒、反而

◆がっかり 3 副 失望、沮喪、無精打采

◆かなり 1 ナ形 副 相當

◆きちんと 2 副 整齊地、整潔地、精準無誤地、規規矩矩地

◆ぎっしり 3 副 （塞得、擠得、擺得）滿滿地

◆きっと 0 副 一定、務必、嚴肅地、嚴厲地、緊緊地

◆ぐっすり 3 副 沉沉地（睡）

◆くれぐれも 3 2 副 再二、冉次、由衷

◆げんに [現に] 1 副 實際

◆こっそり 3 副 偷偷地、悄悄地

◆さいわい [幸い] 0 名 ナ形 副 幸好、慶幸

◆さすが 0 副 不愧

◆さっそく [早速] 0 名 ナ形 副 立刻、馬上、趕緊

◆ざっと 0 副 大略、簡略

◆さっぱり 3 副 完全（不）〜、爽快、清淡

◆じかに [直に] 1 副 直接、親自

◆しっかり 3 副 可靠、振作、堅定、穩健、紮實

◆じっと 0 副 一動也不動地、目不轉睛地

◆じつに [実に] 2 副 確實、實在

◆しばしば 1 副 屢次、常常、再三

◆しみじみ 3 副 深切地、心平氣和地

◆しょうしょう [少々] 1 副 稍微

....

◆すくなくとも [少なくとも] 3 副 至少、起碼

◆すこし [少し] 2 副 稍微、一點點、一會兒

◆すっかり 3 副 完全、徹底

◆すっきり 3 副 舒暢、暢快

◆ずっと 0 副 一直、〜多了、很〜

◆すでに [既に] 1 副 已經

◆すべて [全て] 1 副 全部

◆せいぜい [精々] 1 副 盡量、頂多

◆せっかく 0 副 特意、難得

◆せっせと 1 副 拚命地

◆ぜひとも 1 副 無論如何、務必

◆せめて 1 副 至少、起碼

◆そっくり 3 副 完全

◆そっと 0 副 悄悄地

◆そのうち 0 副 改天、過幾天、最近、不久

◆そろそろ 1 副 差不多、慢慢

◆たいして [大して] 1 副 特別、那麼

◆だいたい [大体] 0 副 大致、差不多、根本、本來

◆たしか 1 副 （表不太確定，印象中）好像、應該、大概

◆ただちに [直ちに] 1 副 立即、直接

◆たちまち 0 副 突然、一下子

◆たっぷり 3 副 充滿、足夠、寬大

◆たとえ 0 2 副 （後接「～とも」、「～ても」、「～たって」）即使、哪怕、儘管

◆たとえば [例えば] 2 副 例如、比如

◆たびたび 0 副 好幾次

◆たまたま 0 副 偶然、有時、碰巧

◆たんに [単に] 1 副 （後面常和「だけ」或「のみ」一起使用）只不過是～（而已）

◆ちゃんと 0 副 確實、完全

◆つい 1 副 不知不覺、無意中、（表距離或時間離得很近）方才、剛剛

◆ついでに 0 副 順便、就便

◆ついに 1 副 好不容易、終於、（後接否定）終究還是（沒）～

◆つぎつぎ / つぎつぎに [次々 / 次々に] 2 / 2 副 接二連三、陸續

◆つねに [常に] 1 副 常常、總是

◆つまり 1 副 也就是、總之

考前衝刺
第七回

- ▶ 模擬試題
- ▶ 解答
- ▶ 考前1天
  把這些重要的副詞、連體詞、接續詞
  都記起來吧！

模擬試題

▊問題 1

_____のことばの読み方として最もよいものを、
1・2・3・4から一つえらびなさい。

(　) ①これを<u>縮小</u>してコピーしてください。

　　　　1. ちぢしょう　　　　　　2. しゃくしょう

　　　　3. しゅくしょう　　　　　4. しょくしょう

(　) ②迷惑メールはすでに<u>削除</u>しました。

　　　　1. さくちょ　　　　　　　2. さくじょ

　　　　3. しゃくちょ　　　　　　4. しゃくじょ

(　) ③新製品の予約注文は予想をだいぶ<u>上回</u>った。

　　　　1. うえめいった　　　　　2. うえまわった

　　　　3. うわめいった　　　　　4. うわまわった

(　) ④<u>玄関</u>で靴を脱いでから、上がってください。

　　　　1. げんせき　　　　　　　2. げんかん

　　　　3. けんせき　　　　　　　4. けんかん

(　) ⑤週末、母といっしょに<u>素手</u>で草むしりをしました。

　　　　1. そて　　　　　　　　　2. すて

　　　　3. そで　　　　　　　　　4. すで

（　　　）⑥風邪をひいて<u>寒気</u>がします。

    1. さむけ　　　　　　　　2. かんけ

    3. かんき　　　　　　　　4. さむき

（　　　）⑦今ごろ<u>後悔</u>しても遅いです。

    1. こうざん　　　　　　　2. こうさん

    3. こうかい　　　　　　　4. こうめい

（　　　）⑧地震による<u>被害</u>が拡大しています。

    1. こうはい　　　　　　　2. こうがい

    3. ひはい　　　　　　　　4. ひがい

▶問題 2

　　　　　<u>　　　　</u>のことばを漢字で書くとき、最もよいものを、
1・2・3・4から一つえらびなさい。

（　　　）①年内は休まず<u>えいぎょう</u>します。

    1. 営商　　　　　　　　　2. 営業

    3. 商業　　　　　　　　　4. 販商

（　　　）②先生が私を<u>すいせん</u>してくれました。

    1. 推宣　　　　　　　　　2. 薦選

    3. 出選　　　　　　　　　4. 推薦

（　　　）③鈴木くんがまた問題を<u>おこした</u>そうです。

    1. 作こした　　　　　　　2. 発こした

    3. 行こした　　　　　　　4. 起こした

(　　　) ④送料はこちらでふたんします。

1. 付任　　　　2. 付担

3. 負担　　　　4. 負任

(　　　) ⑤自分一人ではんだんしないほうがいいです。

1. 決断　　　　2. 診断

3. 行断　　　　4. 判断

(　　　) ⑥割れやすいので、ていねいにあつかってください。

1. 扱って　　　　2. 操って

3. 洗って　　　　4. 拭って

◤問題 3

(　　　) に入れるのに最もよいものを、1・2・3・4から一つえらびなさい。

(　　　) ①広告を出したら、(　　　) 電話がかかってきた。

1. 早速　　　　2. 相当

3. 一層　　　　4. 即席

(　　　) ②彼女はアメリカで育ったから、英語が (　　　) です。

1. すらすら　　　　2. ぺらぺら

3. ふらふら　　　　4. いらいら

(　　　) ③あそこにサングラスをかけた (　　　) 人がいる。

1. あやしい　　　　2. うすぐらい

3. きつい　　　　4. くわしい

（　　　）④電話がつながらないので、相手の（　　　　）が分かりません。

    1. 条件　　　　　　　　　　2. 場面

    3. 状況　　　　　　　　　　4. 行動

（　　　）⑤連絡がとれないので心配しました。でも、（　　　　）でよ

かったです。

    1. 安事　　　　　　　　　　2. 無事

    3. 没事　　　　　　　　　　4. 平事

（　　　）⑥合格発表を待つときは（　　　　）しました。

    1. どきどき　　　　　　　　2. ぎりぎり

    3. ばらばら　　　　　　　　4. にこにこ

（　　　）⑦週末は家で（　　　　）したいです。

    1. すっきり　　　　　　　　2. のんびり

    3. うっかり　　　　　　　　4. がっかり

（　　　）⑧これは弟が心を（　　　　）作ったプレゼントです。

    1. こめて　　　　　　　　　2. いれて

    3. つれて　　　　　　　　　4. ためて

（　　　）⑨最近、体の（　　　　）はいかがですか。

    1. 都合　　　　　　　　　　2. 機能

    3. 調子　　　　　　　　　　4. 事態

（　　　）⑩ご飯を食べたあと眠くなるのは、（　　　　）ことです。

    1. 自然な　　　　　　　　　2. 天然な

    3. 適当な　　　　　　　　　4. 確かな

（　　　）⑪きのうは（　　　）眠れましたか。

      1. どっきり　　　　　　　　2. じっくり

      3. がっかり　　　　　　　　4. ぐっすり

▶**問題4**

    ＿＿＿＿に意味が最も近いものを、1・2・3・4から一つえらび
なさい。

（　　　）①掃除したばかりだから、床がきれいです。

      1. ぴかぴか　　　　　　　　2. からから

      3. するする　　　　　　　　4. ぼつぼつ

（　　　）②許可をもらってから、中に入ってください。

      1. 済んで　　　　　　　　　2. 得て

      3. 認めて　　　　　　　　　4. 応じて

（　　　）③あしたはけっして遅刻しないでください。

      1. ひじょうに　　　　　　　2. きがるに

      3. ぜったいに　　　　　　　4. じょじょに

（　　　）④グラスにワインを注ぎました。

      1. ぬらしました　　　　　　2. そろえました

      3. ながしました　　　　　　4. いれました

（　　　）⑤地震が起きたときは、冷静に行動しましょう。

      1. なごやかに　　　　　　　2. しずかに

      3. あんしんして　　　　　　4. おちついて

▶問題5

つぎのことばの使い方として最もよいものを、一つえらび
なさい。

(　　) ①せっかく

    1. 感謝の気持ちは<u>せっかく</u>忘れません。

    2. できるかどうか分かりませんが、<u>せっかく</u>やってみます。

    3. <u>せっかく</u>日本に留学したのだから、日本語が上手になり
    たい。

    4. 風邪が<u>せっかく</u>治らなくて困っている。

(　　) ②めざす

    1. 大学合格を<u>めざして</u>がんばります。

    2. 来年の秋には新しいビルが<u>めざす</u>予定です。

    3. 友だちがたんじょう日を<u>めざして</u>くれた。

    4. この問題が解決するよう<u>めざします</u>。

(　　) ③うすめる

    1. 味が濃すぎるから、もう少し<u>うすめて</u>ください。

    2. 洗たくしたら、セーターが<u>うすめて</u>しまった。

    3. 寒いから、エアコンを<u>うすめて</u>くれますか。

    4. 最近すごく太ったので、ご飯の量を<u>うすめて</u>ください。

（　　　）④もしかしたら

　　　　1. もしかしたら、近いうちに会いましょう。

　　　　2. 便利だけど、もしかしたら、人には勧められないだろう。

　　　　3. もしかしたら、来年、仕事をやめるかもしれない。

　　　　4. メールか、もしかしたら、ファックスで返事してください。

（　　　）⑤さらに

　　　　1. 新しくなって、さらに使いやすくなりました。

　　　　2. もうすぐお客さんが来るから、さらに掃除します。

　　　　3. 今は、さらに富士山に登ってみたいです。

　　　　4. この前の話、さらにどうしましたか。

解答

▌問題 1

① 3　② 2　③ 4　④ 2　⑤ 4

⑥ 1　⑦ 3　⑧ 4

▌問題 2

① 2　② 4　③ 4　④ 3　⑤ 4

⑥ 1

▌問題 3

① 1　② 2　③ 1　④ 3　⑤ 2

⑥ 1　⑦ 2　⑧ 1　⑨ 3　⑩ 1

⑪ 4

▌問題 4

① 1　② 2　③ 3　④ 4　⑤ 4

▌問題 5

① 3　② 1　③ 1　④ 3　⑤ 1

副　詞

◆どうか 1 副 （務必）請、設法、不對勁、突然

◆どうしても 4 1 副 無論如何都要～、怎樣都（無法）～

◆どうせ 0 副 反正、乾脆

◆とうぜん [当然] 0 名 ナ形 副 （理所）當然

◆とうとう 1 副 到頭來、結果還是

◆ときどき [時々] 0 副 有時候、偶爾

◆どきどき 1 副 （因緊張、害怕或期待而心跳加速）撲通撲通、忐忑不安

◆とつぜん [突然] 0 副 ナ形 突然

◆とっくに 3 副 早就

◆とにかく 1 副 總之、姑且

◆どんどん 1 副 漸漸、越來越～、陸續

◆どんなに 1 副 多麼～、（後接否定）無論再怎麼～也（無法）～

◆なかなか 0 副 相當、非常

◆なにしろ 1 副 無論怎樣、總之、因為

◆なにぶん [何分] 0 副 請、無奈、畢竟

◆なんで [何で] 1 副 什麼、為什麼

◆なんでも [何でも] 0 1 副 不管什麼、無論如何、多半是

◆なんとか [何とか] 1 副 想辦法、總算

◆なんとなく 4 副 不由得、無意中

◆にこにこ 1 副 笑眯眯

◆のろのろ 1 副 慢吞吞地

◆のんびり 3 副 悠閒自在、無拘無束

◆はきはき 1 副 乾脆、敏捷、活潑伶俐

◆はじめて [初めて] 2 副 第一次

◆はたして [果たして] 2 副 果然、到底

◆はっきり 3 副 清楚、明確、爽快、清醒

◆ぴかぴか 2 1 副 閃閃發光

◆ぴったり 3 副 緊密、恰好、說中、突然停止

◆ひろびろ [広々] 3 副 寬廣、開闊

◆ぶつぶつ 1 副 抱怨、牢騷

◆ふと 0 1 副 偶然、突然

◆ふわふわ 1 副 輕飄飄、不沉著、軟綿綿、心神不定、浮躁

◆ほとんど 2 副 名 大部分、大概、幾乎

◆ほぼ 1 副 大體上、基本上

◆ぼんやり 3 副 模模糊糊、隱隱約約

◆まさか 1 副 該不會、一旦

◆まさに 1 副 正好、的確、即將、理應

◆ますます 2 副 更加

◆まもなく [間も無く] 2 副 不久、馬上

◆むしろ [寧ろ] 1 副 寧可、寧願

◆めっきり 3 副 急遽、明顯、顯著

◆もう 1０副 已經、即將、更加

◆もちろん [勿論] 2 副 當然、自不待言

◆もっと 1 副 更加

◆もっとも [最も] 3 副 最

◆やがて 0 副 不久、馬上、即將、結局、終究

◆やく [約] 1 副 大約、大概

◆やっと 0 副 終於、好不容易、勉勉強強

◆やはり / やっぱり 2 / 3 副 依舊、同樣、畢竟、果然

◆やや 1 副 稍微、暫時、略微

◆ゆっくり 3 副 慢慢地、充分地

◆ようやく 0 副 好歹、總算、漸漸

◆わざと 1 副 刻意地、正式地

◆わりに / わりと [割に / 割と] 0 / 0 副 比較地、格外地

連體詞

◆あくる〜 [明くる〜] 0 連體 次〜、翌〜、下一〜

◆あらゆる 3 連體 一切的、全部的、所有的

◆ある [或る] 1 連體 某〜

◆いわゆる 3 2 連體 所謂的

....

◆さる 1 連體 某、那樣、那種

....

◆たいした [大した] 1 連體 了不起的〜、
　（後接否定）（不是什麼）大不了的〜

◆たんなる [単なる] 1 連體 僅、只是

....

◆わが〜 [我が〜] 1 連體 我的〜、我們的〜

接續詞

◆あと **1** 接續 之後、以後

◆あるいは [或いは] **2** 接續 或、或者

....

◆さて **1** 接續 （用於承接下一個話題時）那麼

◆さらに [更に] **1** 接續 而且、一點也（不）～

◆しかも **2** 接續 而且

◆したがって **0** 接續 因此

◆すなわち **2** 接續 即、換言之

◆すると **0** 接續 於是

◆そのうえ **0** 接續 而且

◆そのため **0** 接續 為此、因此

◆それとも **3** 接續 或、還是

◆それなのに **3** 接續 僅管如此、然而卻～

◆それなら **3** 接續 如果那樣的話、那麼

....

◆ところが **3** 接續 可是

◆ところで **3** 接續 （用於轉換話題時）對了

134

◆なぜならば 1 接續 因為

◆ならびに [並びに] 0 接續 以及

◆もしくは 1 接續 或者、或

國家圖書館出版品預行編目資料

還來得及！新日檢N3文字‧語彙考前7天衝刺班 / 元氣日語編輯小組編著
--初版--臺北市：瑞蘭國際,2012.10
144面；17×23公分 --（檢定攻略系列；25）
ISBN：978-986-5953-16-4（平裝）
1.日語 2.詞彙 3.能力測驗

803.189   101019274

檢定攻略系列 25

還來得及！

新日檢N3 文字 語彙 考前7天衝刺班

作者｜元氣日語編輯小組‧責任編輯｜周羽恩、呂依臻

封面、版型設計、排版｜余佳憓
校對｜周羽恩、呂依臻、こんどうともこ、王愿琦‧印務｜王彥萍

董事長｜張暖彗‧社長｜王愿琦‧總編輯｜こんどうともこ
副總編輯｜呂依臻‧副主編｜葉仲芸‧編輯｜周羽恩‧美術編輯｜余佳憓
企畫部主任｜王彥萍‧客服、網路行銷部主任｜楊米琪

出版社｜瑞蘭國際有限公司‧地址｜台北市大安區安和路一段104號7樓之1
電話｜(02)2700-4625‧傳真｜(02)2700-4622‧訂購專線｜(02)2700-4625
劃撥帳號｜19914152 瑞蘭國際有限公司

總經銷｜聯合發行股份有限公司‧電話｜(02)2917-8022、2917-8042
傳真｜(02)2915-6275、2915-7212‧印刷｜禾耕彩色印刷有限公司
出版日期｜2012年10月初版1刷‧定價｜150元‧ISBN｜978-986-5953-16-4

瑞蘭國際

瑞蘭國際